Mystérieuse Sasha

DANI COLLINS

Mystérieuse Sasha

Traduction française de
FREDERIQUE LALLEMENT

AZUR

HARLEQUIN

Collection : Azur

Titre original :
THE SECRET OF THEIR BILLION-DOLLAR BABY

HARPERCOLLINS FRANCE
83-85, boulevard Vincent-Auriol, 75646 PARIS CEDEX 13
Service Clients — www.harlequin.fr
ISBN 978-2-2805-1246-6 — ISSN 0993-4448

Édité par HarperCollins France.
Composition et mise en pages Nord Compo.
Imprimé en décembre 2024 par CPI Black Print (Barcelone)
en utilisant 100% d'électricité renouvelable.
Dépôt légal : janvier 2025.

FSC
www.fsc.org
MIXTE
Papier issu de sources responsables
FSC® C159065

Pour limiter l'empreinte environnementale de ses livres, HarperCollins France s'engage à n'utiliser que du papier fabriqué à partir de bois provenant de forêts gérées durablement et de manière responsable.

Prologue

La sensation d'avoir les os de la main broyés ramena Alexandra Zamos à la conscience. Elle cilla, vit son beau-père. C'était donc lui qui tenait sa main avec une telle fermeté, comme pour la maintenir sous son emprise.

Aussitôt, elle tenta d'échapper à sa poigne tandis qu'un sanglot de répulsion lui bloquait la gorge, et elle referma très vite les yeux. La réalité était trop douloureuse. Lui échapper était impératif.

Un bruit de talons claquant sur le sol lui parvint, puis la voix de sa mère :

— Infirmière ! Venez, ma fille est réveillée !

C'était du pur Winnifred Humbolt : tourner le dos à sa fille lorsqu'elle était le plus vulnérable.

Sasha haïssait ses parents et elle n'avait pas hésité à se vendre pour leur échapper, mais elle s'était retrouvée emprisonnée dans une nouvelle vie et une différente forme de torture.

Où était Rafael ? Pourquoi n'était-il pas là pour la protéger d'eux ?

Comprenant alors qu'elle se trouvait dans un hôpital, elle sentit la peur lui étreindre le cœur, lui donnant envie de replonger dans la nuit de l'oubli. Et elle s'efforçait d'y sombrer lorsque la voix de son mari s'éleva, lointaine.

— Je veux voir ma femme.

Le soulagement lui fondit dessus, surtout parce que Humbolt

lui lâcha enfin la main. Sasha n'appelait jamais son beau-père par son prénom, Anson. Pourquoi l'aurait-elle fait quand il enrageait d'être traité comme un majordome ?

Mais une autre épreuve l'attendait dans l'immédiat : ériger ses défenses face à son mari. Rafael était un homme impressionnant qui pouvait la détruire de diverses manières. Il l'avait déjà fait.

« Est-ce que tu m'aimes ? »

« Cela n'a jamais fait partie de notre accord. »

Effectivement. Pendant longtemps, elle avait réussi à maintenir une distance sentimentale avec lui. Puis, au fil du temps, ses défenses s'étaient érodées. Sans s'en rendre compte, elle s'était attachée à Rafael. Depuis, la moindre petite remarque, même formulée avec douceur et bienveillance, s'était transformée en une flèche perçant son cœur.

Ensuite, elle lui avait révélé sa vulnérabilité face à lui. Quelle erreur ! Son mari respirait le pouvoir. Il l'aimait plus qu'il ne pourrait jamais l'aimer, elle. Elle aurait dû s'en rendre compte avant de lui ouvrir son cœur.

Sasha ne pouvait plus vivre ainsi. Absolument plus.

— *Signora* Zamos ?

Une infirmière lui sourit et se pencha sur elle.

— Je suis désolée, mais je vais examiner vos yeux avec cette petite lumière.

Signora ? Étaient-ils toujours à Rome ? Elle pensait se trouver aux États-Unis puisque ses parents étaient présents. Comment avaient-ils fait pour arriver aussi vite ?

Désorientée, Sasha tenta de fermer les paupières. Implacable, l'infirmière l'obligea à ouvrir l'autre œil.

— Que s'est-il passé ?

— Vous avez eu un accident de voiture et souffrez d'une commotion cérébrale. Pourriez-vous me donner votre date de naissance ?

Un accident ? Quand ? Après le gala ?

— Je ne m'en souviens pas.

Elle parlait de l'accident. La dernière chose dont elle se souvenait était d'avoir tenté d'être totalement honnête avec son mari. Elle avait pensé que peut-être, s'il l'aimait, il lui pardonnerait tout ce qu'elle avait fait.

Cependant, l'amour ne faisait pas partie de leur accord. Et apprendre que Rafael ne l'aimait même pas un peu, alors qu'elle s'efforçait d'être l'épouse qu'il voulait, l'avait anéantie. Elle n'avait pas osé révéler le reste.

— Tu ne te souviens pas de ta date de naissance ?

Winnifred se pencha sur elle si vivement que Sasha se recroquevilla.

— S'il vous plaît, dit l'infirmière en faisant signe à sa mère de reculer.

Winnie refusa de bouger, se rapprochant même pour insister :

— Tu te souviens de moi, n'est-ce pas ? Je suis ta mère, Alexandra.

Non, tu ne l'es pas, pensa Sasha. Du moins pas autrement que comme génitrice. Elle savait comment se comportait une véritable mère, et elle n'en avait jamais eu.

— Pourriez-vous me donner le nom de votre mère, *signora* Zamos ? demanda avec douceur l'infirmière.

Sasha se rebella intérieurement. Si elle ne reconnaissait pas la place de Winnie et de Humbolt dans sa vie, ils n'en auraient aucune. Et c'en serait fini de leurs années de manipulation. Forte de ce raisonnement, elle déclara :

— Non. Je ne connais pas ces gens.

— Et moi, tu me connais ?

Sa voix masculine grave précéda l'arrivée de Rafael en fauteuil roulant à côté du lit. Son superbe visage était contusionné, ses yeux enflés, ses lèvres fendues. Un de ses bras était bandé de l'épaule au poignet, et une de ses jambes plâtrée et tendue à l'horizontale.

Sasha fut frappée d'horreur. Face à la gravité de ses blessures, les larmes lui brûlèrent les yeux. Même s'il l'avait blessée, si elle l'avait haï pour cela, elle l'aimait encore et souffrait pour lui.

Mais lui ne l'aimait pas Il avait besoin d'héritiers pour assurer son empire. Pas d'elle. Il avait déjà son argent, et leur bébé grandissait dans le ventre de leur mère porteuse.

Incapable de se souvenir où et quand avait eu lieu l'accident, elle scruta anxieusement la chambre à la recherche de Molly. Elle se rappelait lui avoir envoyé un message, mais était-ce avant ou après le gala ? Étaient-ils tous les trois dans la voiture ? Si c'était le cas et qu'un malheur soit arrivé au bébé...

Refusant d'envisager cette éventualité, Sasha pressa son avant-bras sur ses yeux.

— Alexandra, regarde-moi, dit Rafael en lui prenant la main.

Ses doigts lui parurent doux après la poigne de Humbolt. Sasha ne put s'empêcher de le regarder et s'inquiéta en réalisant que la manière dont il s'était positionné pour atteindre sa main le faisait grimacer de douleur.

Elle retira sa main pour lui éviter de souffrir.

Une lueur brûlante incendia le noir de ses iris, et sa bouche se pinça tandis qu'il se renfonçait dans le fauteuil roulant. Il battit des cils, des cils si longs et fournis qu'elle les lui avait toujours enviés. Elle remarqua alors ses yeux cernés, ses joues creuses et la repousse de barbe qui couvrait sa mâchoire, si importante qu'elle devait avoir au moins deux ou trois jours.

— Sais-tu qui je suis ? demanda-t-il.

Sasha secoua la tête. Elle n'avait jamais su qui il était vraiment. Même s'ils étaient francs l'un envers l'autre, aucun d'eux ne révélait le fond de son âme.

En cet instant pourtant, Rafael laissait transparaître une profonde douleur. Tous deux souffraient, mais un éclat de vibrante énergie passa entre leurs yeux. Relevant la main, il caressa du pouce le dessus de la sienne.

— Je suis Rafael, ton mari.

Il attendit alors, guettant de toute évidence une lueur de reconnaissance dans ses yeux.

Consciente de la protection que lui offrait son simulacre de perte de mémoire contre tous ceux qui lui en demandaient beaucoup trop en cet instant, Sasha afficha un regard délibérément vide.

Peut-être y avait-il une curiosité méfiante derrière, car pour la première fois depuis très longtemps elle se sentit prise d'un certain pouvoir. Elle avait tiré un joker qui resterait en sa possession jusqu'au moment de le jouer.

Sa dernière carte aussi explosive remontait à...

Écartant de ses pensées ce souvenir trop douloureux, elle songea retirer sa main, mais renonça tant le contact du pouce de Rafael lui était doux.

Leur entente physique avait toujours causé sa perte. Au début, elle l'avait cru assez puissante pour la combler, mais c'était faux. Surtout quand son passé et son présent fusionnaient, l'oppressaient si fort qu'ils l'empêchaient de respirer.

— Je suis heureux que tu aies repris connaissance. J'étais inquiet.

Rafael avait l'air sincère, mais elle n'accordait jamais beaucoup de foi à ses paroles. Il offrait toujours aux gens les mots qu'ils espéraient.

— Quand pourrons-nous rentrer chez nous ? demanda-t-il alors à l'infirmière.

Winnie intervint aussitôt :

— Alexandra rentrera à New York avec nous. N'est-ce pas, mon chéri ?

— Oui, répondit Humbolt. Elle a l'esprit confus et a donc besoin de sa mère.

Épouvantée, Sasha chercha le regard de l'infirmière, mais déjà Rafael répondait.

— Alexandra est ma femme. Elle rentrera chez nous à Athènes. Avec moi.

Humbolt lui jeta un regard condescendant.

— Vous ne pouvez pas vous occuper d'elle dans votre état.

L'infirmière se hâta de désamorcer la confrontation.

— Aucun de vous ne part pour l'instant. Les médecins doivent encore faire des examens. À présent, monsieur et madame, sortez. Ces patients ont besoin de repos.

Les Humbolt se dirigèrent alors vers la porte.

Sasha retira sa main à Rafael, ce qui lui valut un regard dur, puis elle ferma les yeux. Elle l'entendit ensuite jurer à mi-voix tandis que l'infirmière éloignait son fauteuil roulant.

1

Trois ans plus tôt...

Rafael Zamos était devenu un caméléon capable de se fondre dans tout environnement qui lui offrait les meilleures chances de survie.

Ce soir-là, vêtu d'un smoking sur mesure, il se rendit dans la salle de bal d'un hôtel new-yorkais où était réunie l'élite des fortunes anciennes. Devant l'entrée, comme l'hôtesse voulait vérifier si son nom figurait sur la liste des invités, il la toisa, le regard dur.

— Bonne soirée, monsieur, balbutia-t-elle en le laissant passer sans insister.

Le plus amusant avec le pouvoir était que les gens vous en accordaient surtout si vous donniez l'impression d'en avoir déjà en abondance

Rafael n'en avait pas autant qu'il le voulait. Il doutait d'ailleurs d'en avoir assez un jour. En avoir souvent manqué dans sa jeunesse lui en avait créé un besoin insatiable pour s'assurer de ne jamais être à la merci de quiconque.

Besoin qui l'avait poussé à assister à cette soirée.

En Grèce, ses concurrents, qui commençaient à voir en lui une menace, polissaient leurs armes dans le but de l'empêcher, une fois de plus, de s'élever au-dessus de sa situation.

Mais les combats physiques qui autrefois le laissaient ensanglanté au sol faisaient partie d'une époque révolue. Rafael savait désormais que les costumes sur mesure et les relations sociales formaient une sorte d'armure impénétrable. Même s'il détestait être redevable à quiconque, des partenariats stratégiques renforceraient la place qu'il était en train de se tailler en tant qu'acteur du commerce international. Personne dans son pays n'étant prêt à s'aligner avec lui, il espérait trouver un Américain fortuné.

Ces cercles snobs étaient toutefois notoirement difficiles à pénétrer. Leurs membres pouvaient sentir un imposteur à des kilomètres à la ronde. La preuve, il recevait déjà des regards en coin alors que, une coupe de champagne à la main, il scrutait la salle remplie d'hommes chauves et corpulents aux compagnes d'âge moyen parées de bijoux. Les quelques femmes vraiment jeunes étaient probablement des trophées. Cette soirée, une collecte de fonds politique, n'était pas un événement où amener sa maîtresse.

Les pensées désabusées de Rafael s'arrêtèrent net à la vue d'une blonde d'une vingtaine d'années qui s'avança dans la salle de bal, semblant flotter dans une robe osée au violet quasi transparent. Le tissu retenu sur une seule épaule épousait sa poitrine avant de s'évaser autour de ses jambes. Malgré les paillettes qui dissimulaient artistiquement les pointes de ses seins et son pubis, l'ensemble était à la limite de la décence.

Mais quel plaisir pour les yeux ! Il en fut tout émoustillé.

Il n'était d'ailleurs pas le seul à apprécier le spectacle. Les têtes se tournaient sur le passage de la blonde, les yeux s'écarquillaient, et les conversations se réduisaient à des murmures ou des exclamations étouffées.

Une femme d'une cinquantaine d'années vêtue d'une robe bleue à jupe cloche se dirigea aussitôt vers la nouvelle venue, puis lui parla à l'oreille. À en juger par son expression, elle ne lui dit rien d'aimable. La blonde conserva un sourire indifférent, tout en balayant la salle du regard.

Lorsque ses yeux s'arrêtèrent sur les siens, une onde brûlante déferla dans les veines de Rafael.

Peu importe qui était cette beauté, il la voulait. Sans s'interroger sur cette réaction viscérale, il traversa la foule, dévorant l'inconnue du regard et conscient de l'intérêt naissant dans le sien jusque-là blasé.

— Bonsoir, chérie, je vous attendais, déclara-t-il.

Rafael affectionnait ce genre de phrases d'approche. Elles suggéraient qu'il était invité, et poussaient les femmes – comme la plus âgée en cet instant – à l'accueillir avec courtoisie tout en cherchant à le situer socialement.

Son accent les déconcertait aussi. Né d'une mère roumaine, il parlait grec depuis son enfance, puis avait appris l'anglais avec un professeur australo-indien. Il en résultait des nuances subtiles qui laissaient invariablement les gens perplexes.

— Vous êtes magnifique. Voulez-vous danser ?

La blonde cilla. Ses yeux couleur aigue-marine accentuaient sa sensualité assumée.

— Le bal ouvre seulement après le dîner, monsieur, lui fit remarquer la femme plus âgée.

Il la détesta sur-le-champ.

Par chance, la blonde, qui semblait éprouver le même sentiment, lui tendit une main aux ongles vernis violet foncé.

— J'ai cru que vous ne me le demanderiez jamais.

Si Rafael avait cru en l'amour, il aurait qualifié leur rencontre de coup de foudre. En réalité, il s'agissait d'une attirance animale entre un homme et une femme de la même espèce. En plus de savoir capter l'attention, cette jeune femme exerçait son pouvoir avec une sûreté aussi fascinante qu'impitoyable.

Il la guida à travers les tables dressées et la foule murmurante jusqu'à la piste de danse située sur une estrade. L'orchestre jouait pour l'apéritif un morceau au tempo indolent ne nécessitant aucun pas précis.

D'une pression au creux des reins, Rafael fit tourner la jeune femme face à lui, appréciant qu'elle porte de si hauts talons qui la mettaient presque à sa hauteur. Comme elle lui passait les bras autour du cou, il plaqua les mains sur sa taille fine et attira ses hanches contre les siennes.

Des murmures plus soutenus s'élevant, elle eut un petit sourire amusé.

— Votre robe fait forte impression.

— Sur vous ? demanda-t-elle, visiblement consciente de son effet.

— Sur tout le monde.

Sur lui aussi bien sûr. Cette fille était tout simplement explosive. Il allait devoir être extrêmement prudent, mais il décida de la conquérir et de la garder à jamais.

— Pas seulement la robe. Surtout celle qui la porte.

Sur cette répartie, elle lui caressa le cou du bout des doigts. Rafael sentit aussitôt tout son corps réagir.

— L'avez-vous choisie pour vous insinuer ici ? Si tel est le cas, bienvenue au club.

— Oh ! vous vous êtes incrusté dans la soirée, répliqua-t-elle d'un ton faussement scandalisé. Je crois que je viens de tomber amoureuse !

Elle accompagna ses paroles d'un battement de cils calculé, laissant glisser ses yeux de son visage à son torse telle une caresse. Une appropriation.

Rafael raffermit ses mains sur sa taille. Le souffle de la belle inconnue se suspendit, son regard remonta à la rencontre du sien et elle demanda, l'air sceptique :

— Vous ignorez qui je suis ?

— Une déesse, j'imagine.

— Un démon plutôt. Pour info, je suis venue sur invitation,

avec ordre de ma mère et de mon beau-père de porter une tenue appropriée car ce dernier doit recevoir une récompense réservée aux plus grands donateurs.

Sur ces mots, les commissures de ses lèvres se relevèrent. Elle était visiblement satisfaite de sa repartie. Son esprit rebelle était à la fois un attrait et un avertissement. Rafael ne se laissa pas décourager.

— Et qui est cet homme qui me fusille du regard ?

Pour avoir été une cible tout au long de sa vie, il savait détecter même la plus subtile des menaces. Or celle émanant des yeux du jeune homme, au jugé proche de la trentaine comme lui, de toute évidence fortuné et bien né, n'avait rien de subtil.

— Le terme « homme » convient-il à celui qui accepte d'épouser celle que sa mère lui a choisie ?

— C'est votre fiancé ?

Et quand bien même ? Cela ne gênait en rien Rafael, qui pourtant sentit ses mains se resserrer autour de la taille de l'inconnue.

— Pas encore. Vous devriez m'embrasser tant que je suis encore libre, répondit-elle en suivant des doigts le haut de son cou, juste sous ses cheveux.

Elle jouait avec lui, lui demandant un baiser dans le seul but de choquer, il en était conscient. Excité aussi.

Lorsque leurs lèvres se rencontrèrent, Rafael eut l'impression qu'un courant électrique lui traversait le corps. Il aurait pu se conduire en gentleman et la laisser décider du rythme. Il choisit cependant d'arrêter de danser et de prendre possession de sa bouche avec ardeur, comme pour la marquer de son sceau.

Et lui donner tout de lui.

Cette volonté d'appartenir à cette dangereuse inconnue le sidéra. Elle pourrait bien lui faire perdre tout ce qu'il avait gagné à la sueur de son front. Mais ses sens avaient pris le dessus sur tout raisonnement, surtout quand elle faisait preuve d'une passion grisante, semblant prête à lui faire l'amour sur-le-champ, là, à la vue de tous les invités, y compris de ses parents.

Elle voulait peut-être se donner en spectacle...

Relevant la tête, Rafael, loin de formuler une accusation alors qu'il restait collé à elle, constata :

— Vous êtes en train de m'utiliser.

— Pas totalement. Je voulais savoir comment vous embrassiez. Créer un scandale en le découvrant est la cerise sur le gâteau.

Il en douta. Cependant, son battement de cils suggérant que leur baiser l'avait elle aussi époustouflée, et n'écoutant que son désir de passer à l'étape suivante, il déclara :

— Partez avec moi.

— J'ai cru que vous ne me le demanderiez jamais.

Elle lui prit alors la main et l'entraîna hors de la salle de bal, ignorant les exclamations stupéfaites qui saluèrent leur départ.

Rafael venait sûrement de brûler toutes ses chances de trouver un partenaire d'affaires dans ce cercle, mais il n'en avait cure. Encore moins quand cette jeune personne était devenue sa raison de vivre.

Il se félicita d'être descendu dans cet hôtel. Une extravagance étant donné son niveau d'endettement, mais aussi un moyen d'asseoir sa position en cas de rencontre professionnelle intéressante.

— Qui êtes-vous ? demanda-t-il dans l'ascenseur qui les emportait jusqu'au penthouse.

Elle se lova contre lui.

— Vous avez vraiment envie de bavarder ?

Non, Rafael n'y tenait pas. Bien que, par nécessité de se protéger, il n'ait jamais accepté un rendez-vous à l'aveugle auparavant, il était prêt à succomber.

Arrivé dans sa suite, abandonnant toute retenue, il la plaqua contre le premier mur qui se présenta. Sans lâcher ses lèvres, la belle inconnue abaissa les manches de son veston le long de ses bras, puis s'attaqua aux boutons de sa chemise.

Sa peau était plus facile à atteindre. Il suffit à Rafael de remonter le léger tissu le long de ses jambes pour trouver celle, délicieusement douce, de ses cuisses. Alors qu'il posait la main sur la fine barrière couvrant son intimité, elle écarta sa bouche.

— Vous ne voulez pas ? demanda-t-il, la mort dans l'âme.

— Non. Je veux dire si, je veux que vous me caressiez.

— Rien de plus ?

— Si, je veux tout. Sauf bavarder.

Sans se faire plus prier, Rafael reprit possession de sa bouche tandis que ses doigts déchiraient le slip en voile, et caressaient son intimité.

La trouver si prête, l'entendre gémir et la sentir trembler sous ses attentions l'excita tellement qu'il aurait pu la prendre à même le sol, mais il était décidé à garder un semblant de contrôle. Si elle voulait savoir de quel bois il était fait, il allait le lui montrer. Il allait lui montrer qui avait le pouvoir.

Pour cela, il déploya toute son expertise, lui arrachant de petits cris qui allèrent crescendo jusqu'au moment où elle succomba à un orgasme foudroyant.

Malgré l'intensité de son désir, si extrême qu'elle en était devenue douloureuse, Rafael refusa d'y céder immédiatement.

Encore pantelante, Alexandra se remémora la réflexion de cet homme sur l'estrade de la salle de bal. « Vous êtes en train de m'utiliser. » Il avait eu raison, elle s'était servie de lui afin de scandaliser sa mère.

Mais après son baiser et depuis ?

Elle l'utilisait encore, mais pour un plaisir qui lui avait toujours paru impossible à atteindre. En arrivant à la soirée, elle s'était sentie piégée, elle pouvait à peine respirer. Or, à présent, elle haletait, elle avait l'impression d'être prise de vertige, d'être libérée.

Ses blocages avaient volé en éclats. Jusque-là, elle avait utilisé sa beauté et sa sensualité comme des armes destinées à déconcerter et humilier afin qu'elles ne se retournent pas contre elle, sans jamais lui procurer de satisfaction physique.

Mais sa rencontre avec cet inconnu lui avait fait découvrir le plaisir.

Avec ses baisers et ses caresses expertes, il lui apprenait à embrasser sa sensualité et à l'exprimer dans l'abandon. Lui laisser ce pouvoir était terrifiant. D'un autre côté, ce n'était que pour une soirée. Il n'aurait pas l'occasion de l'exercer sur elle plus longtemps.

Il respecta sa volonté de ne pas parler. Dès que son corps se fut apaisé, il la souleva dans ses bras, l'emmena dans sa chambre et la déposa sur le sol à côté du lit. Il disparut alors dans la salle de bains pour en revenir presque aussitôt avec une boîte de préservatifs qu'il lança sur le lit.

Dans une sorte de brouillard, elle lui présenta son dos et souleva ses cheveux.

Il abaissa la fermeture Eclair de sa robe dont le tissu glissa aussitôt le long de son corps. Un frisson lui parcourut la peau au contact du souffle chaud de l'homme sur son cou. Elle ôta ses escarpins, puis s'allongea sur le lit.

Sans la quitter des yeux, il se débarrassa de ses vêtements, révélant son érection.

Comme il s'agenouillait sur le lit et se penchait sur elle, Alexandra ne put retenir un mouvement de recul. Intimidée, elle porta une main à sa poitrine.

L'homme se figea.

— Vous avez changé d'avis ?

— Je ne sais pas.

Bien que désirant qu'il lui fasse l'amour, elle se souvenait combien les rapports physiques lui avaient toujours paru oppressants et procuré un désagréable sentiment de vulnérabilité.

— Ce n'est pas grave. Je suis déçu, mais je ne vous en veux pas.

Il s'écarta alors, lui laissant visiblement la possibilité de quitter le lit.

Paradoxalement, qu'il accepte de la laisser partir à ce point avancé de leur interaction lui donna une soudaine confiance en lui.

Que faire ? Passer le reste de sa vie sans jamais refaire l'amour ? La dernière fois remontait à huit ans. Or cet homme la respectait assez pour ne pas lui imposer de rapport, mais l'excitait comme aucun autre auparavant. Consciente du côté gênant de sa question, elle se racla la gorge avant de demander :

— Me laisserez-vous être dessus ?

Il se laissa tomber sur le dos et croisa les mains derrière sa tête.

— Je vous en prie.

— Il se pourrait que j'arrête de nouveau si je me sens nerveuse.

Sur cet avertissement, Alexandra admira son corps d'athlète, bronzé, aux muscles puissants, aux larges épaules et aux abdominaux bien dessinés. Toutefois, ce qui retint le plus son regard fut son érection. D'un doigt peu assuré, elle en suivit la longueur, à la fois amusée et intimidée par la manière dont le muscle réagissait à son toucher.

— Êtes-vous vierge ? demanda-t-il d'un ton stupéfait.

Elle retint le rire nerveux qui lui monta aux lèvres. S'il connaissait son passé, il se sentirait idiot de poser une telle question.

— Non. Seulement ma dernière relation date d'un certain temps.

Comme il l'attirait à lui, elle s'assit à califourchon sur ses cuisses et l'embrassa. Aussitôt, il prit ses seins en coupe et en titilla les tétons. Alexandra gémit. Attrapant alors la boîte de préservatifs, elle la lui tendit.

— Vous êtes donc toujours d'accord ?

Elle hocha la tête.

Sans la lâcher des yeux, il se protégea.

De vieux démons revinrent la hanter, mais l'homme caressa le cœur de son intimité, et un désir violent la traversa.

— Prenez-moi lorsque vous serez prête, dit-il en tenant son sexe tendu.

Alors qu'elle se guidait lentement sur lui, un petit cri lui échappa. Posant alors les mains sur le lit de chaque côté de sa tête, elle le regarda droit dans les yeux. Il était vraiment très beau avec ses longs cils fournis, sa mâchoire volontaire et ses cheveux légèrement ébouriffés. Elle aurait pu l'admirer toute sa vie.

Il lui effleura les hanches, puis la taille avant de remonter les mains jusqu'à ses seins dont il caressa les pointes de ses pouces. Elle frissonna, se pencha et l'embrassa.

Cela suffit à lui faire abandonner toute retenue. Délaissant sa poitrine, il lui empoigna les fesses. Dans la seconde suivante, d'un puissant coup de reins, il la pénétrait complètement.

Un plaisir violent la traversa. Un cri rauque lui échappa.

— N'arrêtez surtout pas, lâcha-t-elle dans un souffle.

Son univers se limita dans l'instant à cet homme qui semblait si déterminé à lui laisser un souvenir impérissable, à la faire sienne simultanément avec son sexe, sa bouche et ses mains. Les sensations déferlèrent, de plus en plus intenses. Elle s'y abandonna totalement, se perdit en elles. Et « perdre » était le mot, comprit-elle bien plus tard. Il la détruisait au moyen de la sensualité. Et elle était entièrement consentante...

Soudain il ralentit le rythme, lui prit la tête entre les mains, et l'embrassa longuement, la maintenant au bord du plaisir suprême. Elle le supplia en un murmure :

— S'il vous plaît, maintenant.

Il se retira alors légèrement, puis reprit possession de son corps avec une telle puissance qu'un orgasme la foudroya, lui arrachant un long cri. L'homme l'atteignit à son tour avant de s'effondrer sur elle, haletant, et de laisser échapper un gémissement rauque.

Elle s'accrocha à lui.

Le septième ciel était devenu son foyer. Un lieu qu'elle ne voulait plus quitter, habité de sensations désormais imprimées dans sa chair, vibrantes au point d'entrer en résonance avec les battements de son cœur.

2

Le cœur battant à tout rompre, Rafael reposait sur le lit, exténué et stupéfait de l'intensité de son orgasme. L'espace d'un instant, il se sentit même *vaincu*. Une pensée très dérangeante.

Tournant la tête sur l'oreiller, il vit sa partenaire fixer le plafond, les traits détendus, la bouche entrouverte sur un léger sourire semblable à celui que lui-même réprimait. Il n'était donc pas le seul à avoir été ébahi.

Ayant probablement senti son regard, elle lui jeta un coup d'œil. Dans la seconde, un changement s'opéra sur son visage, qui afficha une expression amusée et arrogante.

— Une sacrée expérience, n'est-ce pas ? lança-t-elle en tirant le couvre-lit sur sa poitrine avant de rouler sur le côté dos contre lui et d'ajouter : Merci.

— Je vous en prie, j'y ai pris beaucoup de plaisir.

— Je devrais partir, maintenant, dit-elle en s'asseyant.

Rafael ne put s'empêcher de suivre du bout d'un doigt le dos de son inconnue, s'arrêtant sur une des fossettes juste au-dessus de ses reins.

— Vous n'êtes pas obligée. Sauf si vous voulez retourner assister à la soirée.

Le couvre-lit toujours serré contre sa poitrine, elle s'appuya sur un bras pour le regarder.

— Avec la tête que j'ai là, tout de suite ? Vous n'y pensez pas. J'ai sûrement l'air d'un clown.

À vrai dire, ses cheveux étaient ébouriffés, son mascara avait coulé, et quant à son rouge à lèvres Rafael devait en avoir une bonne dose sur son propre corps. Bref, elle avait surtout l'air d'une femme tout juste sortie du lit de son amant.

— Vous êtes sexy en diable, répondit-il, surpris de sentir un frémissement à l'intérieur de son torse à l'énoncé de cette vérité. Vous le savez, j'en suis certain.

— C'est toujours agréable à entendre. Quand c'est sincère.

Sur ces mots, elle détourna les yeux, l'air soudain pensif.

Il la fixa, déstabilisé. Sincère, il l'était. Et pire, faire l'amour avec elle ayant surpassé tout ce qu'il avait pu ressentir avec d'autres, il risquait d'être prisonnier de ce souvenir à jamais.

Rafael se hâta de chasser cette idée. Mieux valait attribuer l'érotisme exacerbé de cette rencontre au fait qu'ils étaient deux inconnus. Et surtout se rappeler qu'elle avait couché avec lui dans le seul but d'irriter ses parents.

— Je vais prendre une douche, si cela ne vous ennuie pas, déclara-t-elle alors.

Si elle avait eu un accès de mélancolie, il avait disparu à en juger par le sourire qu'elle lui adressa avant de laisser tomber le drap, puis de se diriger vers la salle de bains.

Rafael entendit l'eau couler dans le lavabo et en déduisit qu'elle devait se nettoyer le visage avec la panoplie de produits mise à la disposition des clients de l'hôtel. Toutefois, lorsque le jet puissant de la douche retentit, il se leva d'un bond pour la rejoindre.

— Coucou, jeune fille aux yeux bleus, lança-t-il en entrant dans la cabine. Je m'appelle Rafael.

— Alexandra. Enchantée de vous rencontrer.

— Moi de même.

Et tous deux étaient si sincères sur ce point qu'ils ne se

quittèrent pas pendant les soixante-douze heures suivantes et ne prirent aucun coup de téléphone.

Rafael fit livrer leurs repas ainsi que tout ce dont ils avaient besoin, mais il ne laissa entrer personne, même pas les employées de ménage.

Ils passèrent l'essentiel de leur temps au lit à faire l'amour, à sommeiller ou à discuter de sujets anodins tels que films, livres et voyages.

Il apprit ainsi qu'elle avait les pieds chatouilleux et était la belle-fille d'un homme très riche. Elle-même l'était aussi. Son père était à la tête d'une fortune amassée par les générations précédentes dans l'édition, tout comme sa mère issue d'une vieille famille de l'industrie ferroviaire.

— Mon père est mort lorsque j'étais très jeune. Je ne me souviens pas de lui. Humbolt a aussitôt mis le grappin sur maman et pris le contrôle de son argent et du mien. *Mon* argent qui lui a valu une récompense de la part des organisateurs de la collecte de fonds.

— Mais il ne contrôle pas ta vie.

— Ce n'est pas faute d'avoir essayé. Et toi ? Qui es-tu, d'où viens-tu ?

— Je suis né en Roumanie. Ma mère est partie en Grèce chercher mon père. En vain. Elle y est restée et est morte lorsque j'avais cinq ans. Je suis alors passé de foyer en foyer, puis j'ai été adopté et j'ai grandi dans un faubourg d'Athènes.

— Tes parents adoptifs étaient gentils ?

Qu'Alexandra lui pose la question avec un regard tendre mit Rafael mal à l'aise. Il lui tut donc deux points. C'était un couple renfermé, et il n'avait donc jamais eu l'impression d'être leur fils.

— Oui. Mon père est mort quand j'avais dix-sept ans. Crise cardiaque.

N'ayant pu maîtriser la touche d'amertume de sa voix en se souvenant de ce jour, il poursuivit d'un ton plus indifférent :

— J'ai alors repris ses affaires. Ses concurrents n'ont pas apprécié et ont essayé de jouer sur le fait que, ayant été adopté, je n'étais pas son fils de sang, que je n'étais pas grec, ou du moins pas entièrement. J'en fais d'ailleurs état dans ma biographie en ligne, ainsi que de mon arrestation pour effraction.

Les sourcils d'Alexandra se haussèrent.

— Ça alors ! Quel passé tumultueux !

— Il s'agissait d'une autre tentative d'intimidation pour m'empêcher de reprendre les affaires de mon père. Le malentendu a été vite éclairci.

— Quel genre d'affaires ?

— Un négoce de matériel maritime. Mon père n'a jamais réussi à lui donner de l'ampleur car un cartel bloquait son extension. À sa mort, ils ont cherché à le reprendre. C'était sans compter avec moi.

Alexandra écarquilla les yeux.

— Et qu'as-tu fait ?

Ce qu'il avait à faire. Il préféra cependant éviter une réponse directe et lui donna la version officielle, omettant le combat sanglant à l'issue duquel sa position de force avait été établie.

— Comme tous les adolescents, j'étais sur les réseaux sociaux. J'y postais des vidéos et étais devenu une sorte d'influenceur. Ça m'avait rapporté suffisamment d'argent pour me permettre de leur résister. En engageant un service de sécurité d'abord, puis en modernisant et en développant l'entreprise. Nous sommes récemment arrivés sur le marché des gros navires. Zamos International, tu en as entendu parler ?

— C'est fait maintenant, dit-elle en lui adressant un sourire d'excuse.

— Les gens voient encore en moi un parvenu, reconnut-il. Mais j'ai cessé d'être considéré comme du menu fretin, ce qui me place comme sérieux rival des gros acteurs. Je me suis incrusté dans la soirée en vue de trouver des partenaires américains pour consolider ma situation.

— Je vais devoir être franche, Rafael. En prenant la poudre d'escampette avec moi, tu as grillé toutes tes chances. Humbolt ne peut pas me mettre au ban de la société, mais il peut placer mes amis sur liste noire.

— Je savais ce que je risquais en t'enlevant aux yeux de tous.

Mais le savait-il vraiment ? Il ne pouvait en vouloir à Alexandra, mais il se reprochait à lui-même de s'être laissé dominer par sa libido. Plus il restait avec elle, plus les possibilités d'affaires lui échappaient.

— Laisse-moi me racheter, déclara-t-elle en s'agenouillant devant lui.

Comme elle lui parsemait le ventre de baisers et descendait vers son intimité, la faim charnelle eut raison de la capacité de réfléchir de Rafael.

Une dernière fois, se promit-il en s'abandonnant aux attentions d'Alexandra.

Sasha sursauta en entendant retentir la sonnette du penthouse. Ce devait être le service de chambre du petit déjeuner car Rafael se leva aussitôt.

Grande fut sa surprise de le voir revenir avec un énorme bouquet d'orchidées.

— Pour toi, dit-il en posant le vase sur la table de chevet.

Elle s'assit au bord du lit, un goût de bile dans la bouche, mais dissimula son humiliation derrière un sourire.

— J'ai abusé de ton hospitalité. Tu aurais dû me le dire.

— Pas du tout. Ces fleurs ne viennent pas de moi.

Au bref regard dur qui accompagna les paroles de Rafael, le cœur de Sasha fit un petit bond. Serait-il jaloux ?

Elle prit alors la carte qu'il lui tendait, décacheta l'enveloppe puis lut :

Appelle-moi.

— C'est ma mère, dit-elle en jetant le bristol sur le lit. Il lui a fallu du temps pour me trouver étant donné que ton nom ne figurait pas sur la liste.

Elle se renfonça contre l'oreiller, puis remonta le drap sur sa poitrine avant de poursuivre avec un soupir et un petit sourire narquois :

— Elle n'a pas dû apprécier de questionner invités et employés pour chercher à apprendre qui tu étais. Mais maintenant tout le monde sait que tu étais un intrus. Elle va l'utiliser pour te nuire. Je suis vraiment navrée.

Sasha lui adressa alors une grimace d'excuse, qui lui valut un grommellement mécontent.

— Tu veux un café ? demanda-t-il.

— Et voilà que tu cherches à me séduire de nouveau.

Bien qu'ayant réadopté le ton badin de leurs échanges précédents, elle était très consciente de tout aimer en Rafael. En cet instant, il était superbe dans son peignoir blanc négligemment noué dont les pans dévoilaient son torse bronzé.

— Je ne semble pas pouvoir m'en empêcher, lança-t-il avant de sortir de la chambre.

Il en revint avec deux tasses qu'il posa sur la table de nuit à côté du bouquet.

Sasha aurait volontiers envoyé valser les fleurs, ce symbole de ce dont elle ne voulait pas parler – à savoir, sa mère. Elle ne voulait pas quitter cette bulle d'intimité et de plaisir. Le quitter, *lui*.

— Fais attention, il est brûlant.

Cela dit, au lieu de s'allonger à côté d'elle comme il l'avait fait chaque matin jusque-là, il s'assit au bord du lit.

— De quelle manière ta mère va-t-elle essayer de me nuire ?

Ils revenaient donc dans la réalité…

— En te mettant sur la liste noire des invitations.

Rafael haussa les épaules.

— Je me débrouillerai toujours pour y aller.

— Le plus dangereux, c'est Humbolt. Depuis vingt ans, il utilise l'argent de mon père pour s'attirer relations d'affaires et faveurs politiques. Tu n'imagines pas à quel point je le hais.

Et en ce moment, il essayait en plus de lui faire épouser un insipide jeune homme.

Pensant soudain à un moyen de déjouer ce plan, elle s'agenouilla à côté de Rafael et lui posa une main sur l'épaule avant de déclarer :

— Toi et moi devrions nous marier.

— Ah bon ? dit-il en se penchant sous prétexte de prendre sa tasse de café mais de toute évidence pour déloger sa main. Je pensais attendre d'avoir trente-cinq ans.

— Quel âge as-tu ?

— Vingt-neuf ans. Mais j'ai des centaines de buts à atteindre avant de me caser.

— Je n'ai pas envie de me marier non plus.

Sasha ramena un pan du drap sur sa poitrine avant de poursuivre :

— Lorsque j'ai eu vingt-quatre ans, Humbolt a réalisé qu'il me restait un an avant de prendre le contrôle de mon fonds fiduciaire. J'aurais pu le faire plus tôt en épousant le premier venu, mais je ne voulais pas m'encombrer d'un mari. C'est d'ailleurs toujours le cas. Hélas, Humbolt m'a choisi le fils d'un de ses copains. Il s'imagine que ce crétin me tiendra sous sa coupe et le laissera continuer de profiter de ma fortune. Et maman se voit déjà en train d'organiser des fiançailles !

— On n'est plus au Moyen Âge. Dis-leur que tu veux attendre.

— En fait, j'ai réussi à me constituer, à l'insu de Humbolt, un pécule sous forme de bijoux qui repose à l'abri dans un coffre-fort. De quoi voir venir un certain temps. Toutefois, je déteste l'idée de partir et de lui laisser la mainmise sur ce qui m'appartient de droit. Donc je veux me battre pour l'obtenir. Or, la dernière fois que je l'ai défié, il m'a fait interner.

— Tu es sérieuse ?

— Oui. J'étais ado à l'époque et censée rentrer dans mon pensionnat en Suisse. Au lieu de ça, je suis partie six mois à Ibiza.

Sasha croisa deux doigts dans son dos en lui donnant cette version officielle de sa disparition. Rafael ne faisant aucun commentaire, elle poursuivit :

— Il n'irait plus jusqu'à une telle extrémité désormais étant donné qu'il cherche à me marier, mais il trouverait un autre moyen de me pourrir la vie. Je refuse de le laisser gagner. C'est mon argent. Il n'est pas question que ce sale type en profite et gouverne ma vie un an de plus.

— À combien se monte ta fortune ?

— Cent cinquante millions pour l'instant. Le solde, soit cinq cents millions, me sera versé à mes trente ans ou avant si j'ai un bébé. Un montant qui t'aiderait si tu y avais accès, j'imagine.

Sur ce, elle lui décocha son plus charmant sourire. Rafael avait beau être un amant extraordinaire, il n'en restait pas moins un homme d'affaires.

— En effet, répondit-il, l'air impassible.

— Et tu aimerais continuer à faire l'amour quelque temps avec moi, je crois. Je me trompe ?

— J'allais te suggérer de poursuivre cette liaison.

— Dans ce cas, voici ma proposition. J'annonce à maman que tu étais ma dernière aventure et que je suis prête à bien me tenir. Cela devrait la distraire le temps que nous établissions notre contrat prénuptial.

Rafael la regarda, sourcils haussés.

Pour qui la prenait-il, bon sang ? Elle n'était pas idiote au point de se lier à lui sans se protéger !

— Ensuite, nous nous marions en secret, puis les mettons,

elle et Humbolt, devant le fait accompli, termina Sasha, riant à l'avance de leurs têtes face à cette nouvelle.

— Tout cela me paraît bien compliqué et superflu.

— Tu préférerais annoncer nos fiançailles et voir aussitôt après Humbolt utiliser *mon* argent pour *te* détruire ?

— Est-ce une menace ?

La réticence évidente de Rafael à s'engager avec elle piqua Sasha au vif.

— Non, je t'explique à quel genre d'homme j'ai affaire. Mais si tu ne veux pas m'épouser, ce n'est pas un problème. Je trouverai un autre homme. Je n'avais pas envisagé cette voie jusque-là mais, maintenant que c'est fait, je peux choisir moi-même celui qui acceptera docilement ce rôle.

Sur ce, elle laissa tomber le drap et s'apprêtait à descendre du lit lorsque Rafael tendit un bras pour l'en empêcher.

— Je n'ai pas dit que je refusais. Pourquoi une telle aversion pour le mariage ?

— Parce que je ne veux pas être contrôlée par quiconque, répliqua-t-elle en lui montrant son bras. Encore moins par un mari.

— Je sais me montrer raisonnable. Toutefois, j'aurai besoin d'un ou deux héritiers. Toi aussi d'ailleurs, d'après ce que j'ai compris.

Le ventre de Sasha se serra, sa vue se fit floue, son pouls s'accéléra et un flot d'adrénaline déferla dans ses veines. Pour dissimuler sa panique, elle sauta à bas du lit, puis enfila la chemise que Rafael avait abandonnée sur le sol au retour de la soirée.

— Pas question d'en avoir un dans un but mercantile. Nous reviendrons sur ce sujet si nous sommes encore mariés dans quelques années. Il y a cependant peu de chances que ce soit le cas. J'ai l'esprit rebelle.

— Ça, je l'avais remarqué, répliqua-t-il, un sourire amusé aux lèvres. Une telle union ne pourra fonctionner que si nous sommes totalement francs l'un envers l'autre. On doit pouvoir se faire confiance. Tu le comprends, n'est-ce pas ?

Rafael avait parlé d'un ton léger, mais une menace planait, sous-entendue, qui fit frissonner Sasha.

Elle avait confiance en lui. Sur le plan physique. Sur le plan financier, il lui faudrait se renseigner. Mais de là à lui confier son cœur et ses secrets, c'était un pas énorme à franchir. Elle doutait pouvoir jamais faire totalement confiance à un homme. Ou même éprouver un tel désir pour un autre que lui.

— Je peux te promettre d'être franche avec toi. Et fidèle. Je choisirai toutefois ce que je souhaite partager. Il en va bien sûr de même pour toi.

— Cela semble trop beau pour être vrai. Et tu es trop belle ainsi, Alexandra. Viens donc sceller notre marché.

— Je viens juste de m'habiller, répliqua-t-elle en lui montrant sa chemise à présent boutonnée et aux manches roulées au-dessus de ses poignets.

Comme il lui tendait la main, les pans de son peignoir s'écartèrent, révélant ses puissantes cuisses bronzées en une invitation impossible à refuser. Utiliser Rafael à ses propres fins ne la gênait pas, mais il lui serait difficile de se protéger de son charme.

Le cœur tremblant d'appréhension, elle s'assit sur ses genoux et posa les mains sur ses épaules pour demander :

— Tu acceptes vraiment de m'épouser ?

— Oui.

Il glissa alors les mains sous sa chemise.

À leur contact sur sa peau nue, un délicieux frisson parcourut Sasha.

Quoi qu'il arrive entre eux, cela valait la peine d'être vécu pour ce seul bénéfice, se dit-elle en fermant les yeux.

Rafael vit partir Alexandra presque avec soulagement tant les soixante-douze heures passées ensemble avaient été intenses.

Il lui promit de l'appeler, tout en envisageant une excuse pour faire un aller-retour en Grèce, histoire de réfléchir à ses réserves au sujet de leur mariage et de regagner un peu de maîtrise sur sa libido.

Mais dès la minute où elle eut franchi la porte, sa jeune maîtresse lui manqua. Il attendit alors avec impatience de la retrouver. Il se garda cependant bien de le lui avouer.

Ils se virent lors des visites à leurs avocats, et pour partager quelques moments de passion. Après chacune de leurs rencontres, sa fascination pour Alexandra augmentait. Il la voulait toujours davantage avec lui. Tous les jours. Toutes les nuits.

Bien sûr, Rafael était conscient d'être guidé par ses phéromones et son ego. Elle était belle, riche et incroyablement séduisante. N'importe quel homme devait la vouloir. Mais elle était aussi capable de manipuler pour arriver à ses fins.

Ce côté de sa personnalité le fascinait néanmoins aussi. Un exemple frappant fut sa manière de diriger le débat chez leurs avocats afin de s'assurer de se ménager toutes les issues possibles pour ne pas sortir ruinée de ce mariage. On aurait dit qu'elle avait fait cela toute sa vie. Ce qui le poussa à lui demander à la sortie :

— Tu n'as jamais pensé à mettre tes avocats sur le dos de ton beau-père ?

— Tu plaisantes. Il aurait utilisé *mon* argent pour me combattre et me calomnier auprès de la société.

Cela n'étonna pas Rafael. De nombreux hommes n'hésitaient pas à salir la réputation d'une femme devant des tribunaux. Toutefois, choquer la population semblait amuser Alexandra, alors qu'est-ce qui pouvait la retenir assez fort pour la pousser à éviter d'affronter cet homme ?

— Te mettre toi sur son dos sera beaucoup plus efficace, dit-elle en lissant les revers de son veston. Je me suis renseignée, tu sais. Dès que Humbolt aura réalisé à qui il a affaire, il se tiendra à carreau. Au fait, est-il vrai que tu as volé un bateau à un chef mafieux ?

— La presse a trouvé là une façon bien imagée de présenter mon application d'une clause contractuelle. J'ai pris possession d'un navire à la suite du non-paiement des réparations.

Il avait aussi fait arrêter l'homme, le laissant dans l'impossibilité d'honorer ses dettes, mais cela ne regardait que lui et sa conscience – parfaitement indifférente.

— Eh bien, répliqua-t-elle avec un petit sourire aux lèvres, j'ai hâte de voir la tête de Humbolt le jour où il comprendra qu'un pirate gouverne *notre* navire.

Bizarrement, qu'elle n'ait aucun scrupule à l'utiliser contre son beau-père rassura Rafael. Il savait exactement à quoi s'en tenir avec elle.

Lui aussi s'était renseigné. En plus d'être riche, Alexandra avait des relations dans l'aristocratie et les milieux mondains des États-Unis comme d'Europe. Grâce à elle, il serait introduit dans ces cercles.

Rafael était donc tout à fait satisfait de leur arrangement, même lorsqu'elle lui dit à la mairie, avant de prononcer ses vœux :

— Je promets de t'honorer, mais je ne peux pas te promettre de t'obéir. De plus, je commence à t'apprécier, mais je ne t'aimerai probablement jamais.

Il lui aurait volontiers demandé pourquoi cela n'arriverait pas. La peur le retint de s'entendre répondre qu'elle voyait à travers ses vêtements le rat d'égout qu'il avait été autrefois.

— Bien, répondit-il à la place, sincèrement.

L'amour était un handicap. Les gens pouvaient utiliser la personne que vous aimiez contre vous. Il poursuivit donc :

— J'ai besoin de quelqu'un d'autosuffisant qui ne me demandera pas ce que je ne peux pas lui offrir. Tu es le yin de mon yang, Alexandra.

Leurs vœux avaient alors semblé superflus, à ce point. Ils se comprenaient à la perfection.

Et ils éprouvèrent une jouissance identique face à l'agitation que provoqua leur arrivée, main dans la main, dans le grand salon de la résidence des Humbolt où étaient rassemblés des couples en tenue chic pour ce qui devait être le brunch de fiançailles d'Alexandra.

Dont son pseudo-fiancé, debout à côté de Winnie et d'Anson.

En sentant sa femme se raidir imperceptiblement, Rafael suivit son regard porté sur un homme dans la quarantaine. Elle détourna aussitôt les yeux, souriant avec une joie cruelle devant la façon dont tout le monde s'était figé sous le choc, observant leurs mains jointes et leur élégance.

Lui portait une queue-de-pie ivoire sur un pantalon rayé ; elle, une robe sobre et moulante au blanc irisé, avec une cape courte couvrant ses bras.

Alexandra se planta devant ses parents et déclara avec un sourire effronté :

— Vous avez mal compris. Lorsque j'ai dit être prête à me marier, je voulais dire que j'avais trouvé un mari à ma convenance.

Incapable de dissimuler sa consternation, Winnie s'écria :

— Non ! Je ne le permettrai pas.

— C'est trop tard, intervint Rafael. En fait, nous arrivons de la mairie où monsieur le maire s'est fait un plaisir de nous marier.

Un coup d'œil à Alexandra faillit le faire sourire. Elle jubilait d'avoir pris ses parents de court. Il en fut étrangement fier.

Winnie, en revanche, avait l'air au bord de l'évanouissement. Quant à son époux, il était devenu écarlate, et semblait proche de la crise d'apoplexie, ouvrant et refermant nerveusement la bouche sans qu'un son n'en sorte, jusqu'à ce qu'il réussisse à bégayer :

— Nous ferons annuler ce mariage. Tu as perdu la tête, ma petite. Tu as un passé, ne l'oublie pas.

Le sang de Rafael ne fit qu'un tour. Jamais il n'avait eu une telle envie de tuer quelqu'un.

— Si vous touchez à un seul cheveu de ma femme, monsieur Humbolt, c'est à moi que vous aurez affaire.

Ce dernier devint subitement livide.

— Ne venez pas me menacer chez moi.

— Mais ce n'est pas ta maison, n'est-ce pas ? demanda Alexandra d'un ton faussement gêné d'avoir à rectifier ce propos. Mon nom figure sur tous les titres de propriété des résidences où tu vis. Comme je suis mariée, j'ai déjà informé les différents organismes que je gérerai moi-même mes biens désormais.

— Tu ne peux pas...

Rafael l'arrêta d'une main levée.

— Ma propre équipe d'avocats va procéder à un audit complet des possessions de ma femme. Ne vous avisez pas de détourner quoi que ce soit. Si Alexandra souhaite vous laisser habiter ici, c'est à elle de voir, mais faites attention à la manière dont vous la traitez à partir de maintenant. Je protège ce qui m'appartient.

Se tournant alors vers Alexandra, il lui demanda d'un ton plus doux :

— As-tu des affaires à prendre ici pour notre lune de miel, ma chérie ?

— Je n'ai besoin de rien d'autre que toi, *à partir de maintenant*. Nous ne prendrons pas les appels aux Maldives. Privilège des jeunes mariés.

Même si la seconde partie de sa réponse était destinée aux invités qui les regardaient bouche bée, Rafael s'en réjouit personnellement.

— Alexandra ! s'exclama soudain sa mère. Serais-tu enceinte ? Est-ce la raison de ce mariage hâtif ?

Il vit son épouse sursauter comme sous un coup de poignard. Sa voix sortit alors sur une note étranglée :

— Non. Je me suis mariée pour t'échapper, mère. Je pensais que c'était évident. Mais aussi parce qu'il est doué au lit.

Et, lançant un sourire affectueux à Rafael, elle ajouta :

— Elle ne peut pas en dire autant de *son* mari.

Humbolt, qui avait retrouvé un semblant d'assurance, revint à l'assaut :

— Je vais mettre mes avocats sur vous deux. Vous vous en mordrez les doigts.

— Pas mal de gens s'en mordront les doigts, si tu remues la boue, rétorqua Alexandra, glaciale. Tu ferais mieux de te calmer et de réfléchir aux conséquences avant d'agir à la légère.

Rafael vit alors ses yeux se porter sur l'homme dans la quarantaine, mais si brièvement qu'il se demanda si ce n'était pas là le fruit de son imagination.

Lui prenant alors la main, elle lança par-dessus son épaule avec un sourire facétieux :

— Merci pour vos sincères et chaleureuses félicitations. Au revoir, tout le monde !

3

Leur lune de miel et les mois qui suivirent se passèrent plutôt bien.

Bien sûr, ils eurent quelques différends. Rafael n'était pas passé d'une enfance misérable dans les rues, en foyers, puis à une vie au sein de la classe moyenne et enfin à une grande richesse sans avoir développé un caractère égoïste, tenace et, à l'occasion, impitoyable. Il avait aussi appris à refréner ses impulsions, ce qui, dans sa situation présente, lui permettait d'éviter des scènes pour le bien d'un mariage paisible.

Alexandra, en personne passionnée et financièrement gâtée toute sa vie, se montrait parfois difficile. Consciente de sa valeur, elle ne capitulait pas lorsqu'elle voulait quelque chose.

Les trois quarts du temps toutefois, ils étaient sur la même longueur d'onde. Leur but commun faisait d'eux un duo redoutable. Lui accumulait l'argent, le nerf de la guerre. Elle tissait leur toile de relations et d'influence.

Rafael se devait d'être dominant et intouchable afin de ne plus jamais revivre la vulnérabilité de ses jeunes années.

De son côté, Alexandra n'avait jamais connu la faim et le froid, ni n'avait dormi dans la rue. Elle n'avait pas été harcelée pour son illettrisme, puis pour avoir surpassé tout le monde dans ses études. Elle n'avait jamais été encerclée par quatre hommes adultes déterminés à punir un jeune homme pour avoir pris trop d'importance.

Malgré son arrogance et ses caprices parfois insupportables, il avait remarqué les petites vexations que son beau-père tentait de lui infliger. À intervalles réguliers, une rumeur circulait selon laquelle Rafael avait lavé le cerveau de sa femme ou qu'elle était sous forte médication, incapable de prendre ses propres décisions. Humbolt avait vendu sa voiture préférée, soi-disant devenue dangereuse, et l'avait forcée à prendre l'avion pour des réunions annulées à la dernière minute.

Rafael ripostait toujours. Une semaine avant l'arrivée prévue de ses parents dans la résidence familiale de Martha's Vineyard, il avait engagé des rénovations, rendant la maison inutilisable. Il avait aussi insisté pour que des tableaux de valeur soient expédiés chez eux à Athènes, et son équipe comptable ne cessait de mettre la pression à Humbolt pour obtenir des rapports financiers dont Alexandra n'avait nul besoin.

C'étaient des gamineries de style œil pour œil, dent pour dent, pas assez sérieuses pour énerver Alexandra autant que lui. Pourtant, il ne se plaignait pas, car la haine de son épouse pour ses parents la rendait autant déterminée que lui à conquérir et régner sur tous les continents.

Elle gérait la plupart du temps son propre argent, mais investissait souvent de grosses sommes dans ses affaires, qu'il utilisait pour des acquisitions et des expansions, doublant généralement son capital avant de le lui reverser.

En attendant, elle le protégeait et l'aidait dans ses entreprises en gardant les oreilles ouvertes. Elle le mettait en garde : « J'ai entendu dire qu'il y avait du louche là-dessous. Assure tes arrières si tu fais affaire avec eux. » Ou : « Le père de cette jeune femme est dans le pétrole. On pourrait inviter sa famille sur le yacht. »

L'*Alexandra* était un super yacht de quarante mètres qu'il avait acheté lorsque Alexandra avait eu vent qu'un membre mineur de la royauté rencontrait des difficultés et avait besoin d'un discret renflouement. Rafael l'avait obtenu pour un tiers de sa valeur réelle et le louait régulièrement, ce qui lui permettait de l'autofinancer. En plus d'être devenu un joyau de son empire commercial, ce bateau était un excellent moyen de mener des affaires dans un cadre décontracté.

En ce soir de leur premier anniversaire de mariage, ils l'avaient pour eux seuls – avec un équipage complet, car aucun d'eux ne voulait accomplir la moindre tâche domestique. N'ayant pas d'invités, ils pouvaient donc se divertir l'un l'autre de leur manière préférée.

Ainsi, agenouillée devant lui assis sur le lit, Alexandra s'appliqua à lui procurer un de ses plaisirs favoris avec une lenteur à laquelle il lui était difficile de résister. Rafael se retint cependant de basculer dans l'extase, préférant leur prouver que c'était lui son propre maître, pas elle.

— Arrête, ordonna-t-il d'une voix rauque.

Elle leva vers lui des yeux étonnés.

— Tu n'aimes pas cela, mon chéri ?

Puis, sans attendre sa réponse, elle saisit son membre et resserra les doigts autour avec une force calculée qui faillit avoir raison de sa maîtrise.

— Je veux être en toi, rétorqua-t-il tout en s'allongeant.

— En es-tu bien sûr ?

Et une fois de plus, elle le reprit dans sa bouche, lui arrachant un gémissement rauque peu avant qu'il s'avoue, bien malgré lui, vaincu.

Alexandra se releva alors et partit dans la salle de bains – incroyablement sexy juchée sur ses hauts talons et vêtue de ses seuls sous-vêtements. Une minute plus tard, elle en revint avec une serviette mouillée et lui nettoya le ventre avec une grande douceur.

Les sens encore en ébullition, Rafael s'efforça de ne pas prendre ombrage du petit sourire ironique qui relevait les coins de la bouche de son épouse. Il ne se sentait pas faible, mais… pas non plus dans la position de force qu'il aimait tenir.

Il ne voulait toutefois pas dominer Alexandra. Cela ne se passait pas ainsi entre eux. Il avait beaucoup de considération pour cette femme qui portait pour lui seul de la lingerie si séduisante. D'ailleurs, à la vue du bombé de ses seins au-dessus de son soutien-gorge, son corps retrouva une vigueur certaine.

Après avoir ôté ses escarpins, elle s'allongea près de lui. Ses cheveux encadrèrent le visage de Rafael quand elle l'embrassa avec une passion que la plupart des hommes rêvaient d'expérimenter au moins une fois dans leur vie. Comme toujours, il se délecta de la savoir toute à lui.

Sauf qu'elle ne l'était pas. C'était cela qui le perturbait. En un an de mariage, il s'était profondément investi dans leur partenariat. Parfois, il se demandait s'il ne l'était pas davantage qu'elle. Sans savoir exactement d'où lui venait cette impression, il l'attribuait à sa manière de tracer des frontières fermes autour de certaines parties d'elle et de son passé.

Rafael était tiraillé. D'un côté, il voulait avoir la certitude que leur relation avait évolué au-delà de l'agréable aventure initiale doublée d'un arrangement commercial avantageux. De l'autre, il aurait aimé être soulagé que leurs cœurs ne soient pas inextricablement liés. Ce qui n'était pas le cas. En fait, il désirait un engagement plus profond de la part d'Alexandra. Quelque chose qui cimente sa place d'épouse dans sa vie.

Il sut aussitôt que le moment était venu d'aborder le sujet.

— Nous devrions discuter des enfants.

— Desquels ? demanda-t-elle, jouant visiblement l'étonnée.

— Les nôtres.

— Maintenant ?

Conscient de l'avoir prise par surprise et d'avoir brisé l'ambiance, ce qu'il ne voulait aucunement, il temporisa.

— Bientôt.

La faisant alors rouler sur le dos, il déchira la fine barrière de son slip, puis s'appliqua à lui donner un plaisir équivalent à celui qu'elle lui avait offert. Il sentit aussitôt les mains d'Alexandra se refermer sur ses cheveux.

Rafael adorait qu'elle s'agrippe à lui de la sorte comme pour le retenir. Mais il n'avait aucune intention d'arrêter. Bien au contraire. Il aimait la savoir à lui de toutes les manières possibles. Aussi, après l'avoir emmenée plusieurs fois à la limite de l'orgasme, lorsqu'elle se cambra, s'offrant à ses doigts et à sa bouche avides, il la prit. De manière trop brutale peut-être, car empreinte de son propre désespoir de les lier de manière indélébile. Et l'extase les emporta.

Tandis que leurs corps assouvis s'apaisaient, Rafael roula sur le côté, passa un bras autour du ventre d'Alexandra et la serra contre lui.

Un mouvement le tira soudain du sommeil. Elle cherchait à écarter son bras.

— Où vas-tu ?

— Nulle part.

Sa voix presque tremblante suivie d'un reniflement le réveilla tout à fait.

— Tu pleures ?

— Non, j'avais un cil dans l'œil. C'est bon, il est parti. Rendors-toi.

Rafael hésita à allumer la lampe de chevet, mais Alexandra pressa ses fesses contre son ventre. Il resserra alors son bras autour d'elle, puis s'abandonna au sommeil.

Les yeux grands ouverts dans le noir, Sasha ravala ses larmes.

Même profondément endormi, Rafael sentait toujours le moment où elle cherchait à quitter le lit. Et la retenait. Ce qui était parfait, car ses bras était son endroit de prédilection, celui où elle souhaitait rester toute sa vie.

Elle s'efforçait cependant de ne pas qualifier ses sentiments pour lui. Ils ressemblaient trop à l'amour. Or l'aimer lui donnerait encore plus de pouvoir sur elle qu'il n'en avait déjà.

C'est pourquoi elle faisait attention de ne rien lui dévoiler de ses émotions. Il lui était plus facile de jouer l'héritière gâtée et capricieuse qui embrassait son rôle d'hôtesse, et d'épouse dévouée, secondant son mari sur le plan des relations d'affaires tout en le tenant à distance de l'intimité de ses pensées.

Sasha aimait être tout ce dont Rafael avait besoin parce que lui était tout ce dont elle avait besoin. Survivre sans lui serait, bien entendu, possible. Elle l'avait fait durant de longues années de solitude au vide empli de distractions et de mondanités avec des gens inintéressants.

Avec Rafael, Sasha s'épanouissait. Il stimulait sa créativité, que ce soit pour planifier des événements, orchestrer une stratégie sociale, ou encore concevoir et décorer leur foyer de rêve. Et il la comblait sur le plan physique, lui procurant un plaisir intense et addictif.

Désormais, il voulait un enfant. Elle devait donc lui en donner un ou le quitter car, dès le début de leur relation, il avait été très clair sur ce point. Un héritier serait au programme.

Les larmes lui remontèrent brusquement aux yeux tandis que sa gorge se serrait.

Sasha serra fort ses paupières. Elle aussi désirait un bébé de tout son cœur, mais cette idée lui ramenait à l'esprit une ancienne souffrance. Et un conflit.

Était-il judicieux de lui révéler cette partie de son passé ?

La réponse jaillit, toujours la même : non. Elle en avait trop honte.

Non pas d'avoir eu une petite fille si jeune et de l'avoir confiée à une famille aimante. Au contraire, elle n'aurait pu mieux faire pour cette enfant. À seize ans, elle n'était pas prête à être mère, et être élevée avec Winnie et Humbolt aurait traumatisé sa fille à jamais ou en aurait fait un monstre d'égoïsme.

Au lieu de ça, ce bébé avait grandi avec une mère et celle que Sasha considérait comme sa propre sœur, au sein d'un foyer équilibré, regorgeant d'amour. Une vie qu'elle-même aurait souhaité avoir.

Sa honte provenait de la façon dont sa fille avait été conçue. Même si Sasha avait su qu'il était anormal qu'un homme de plus de trente ans et marié séduise une adolescente, elle ne s'était jamais sentie abusée. Elle avait choisi d'avoir une relation avec lui. En fait, il s'agissait essentiellement de choquer son beau-père au moment où elle aurait décidé de le mettre devant le fait accompli.

Mais tout à cet acte de rébellion, elle n'avait pas songé aux conséquences possibles et n'avait découvert être enceinte qu'au bout de trois mois. À cette époque, Humbolt avait déjà deviné l'identité de son amant et rejeté le blâme sur elle, la qualifiant de libertine, de séductrice, de briseuse de ménage qui n'avait pas accordé une pensée à la femme et aux enfants de cet homme, plutôt que d'accuser son associé.

Sommée de regagner son pensionnat suisse, Sasha s'était enfuie de Manhattan et retrouvée dans la clinique pour adolescentes d'une petite ville du New Jersey où personne ne la connaissait.

Là, Patricia Brooks, sage-femme et conseillère en santé reproductive, était devenue son ange. Pour la première fois de sa vie, quelqu'un la traitait comme une personne à part entière. Pas une héritière méritant une attitude respectueuse, pas une fille ou une belle-fille à critiquer et contrôler, pas un corps sexualisé à utiliser, mais un être humain capable de prendre ses propres décisions.

Mise au courant de sa condition, Patty lui avait présenté ses choix possibles et leurs inconvénients, et l'avait avertie de son devoir de signaler les abus. Face à la détermination de Sasha à fuir si elle faisait cela, elle avait accepté de la laisser réfléchir.

Si Sasha avait été adulte, cette situation aurait été l'occasion rêvée pour prendre le contrôle de son fonds fiduciaire. Mais tomber enceinte en étant mineure revenait à donner à Humbolt un moyen de pression sur deux personnes au lieu d'une.

Bien que l'interruption de grossesse ait encore été possible – de justesse –, Sasha avait voulu ce bébé. D'une certaine manière, prendre seule cette monumentale décision était l'acte d'autonomie ultime, mais c'était aussi de l'amour – même si elle ne comprenait pas totalement cette émotion. Étant donné son éducation, il s'agissait plus d'un attachement à l'idée de l'amour, mais elle avait ressenti quelque chose envers le bébé, plus fort que tout sentiment éprouvé auparavant.

Lors de leur troisième rendez-vous, en apprenant qu'elle voulait avoir le bébé mais ne pouvait l'élever et n'avait nulle part où loger pendant sa grossesse, Patty l'avait invitée à venir s'installer chez elle. Elle avait une fille à peu près du même âge, et ne pouvait imaginer Molly dans une situation aussi désespérée sans personne de confiance vers qui se tourner.

En l'hébergeant, Patty était passée outre le risque de perdre son droit d'exercer pour offrir le toit, les soins, l'affection et le soutien moral dont Sasha avait eu si grand besoin. Elle l'avait aidée à trouver un avocat chargé de demander au père de renoncer à sa paternité. Démarche nécessaire pour permettre une adoption ultérieure. Refusant de le laisser s'en sortir sans conséquences, Sasha avait exigé la création d'un monumental fonds fiduciaire pour son bébé. Peu lui importait la manière dont il l'expliquerait à son épouse.

Il avait tout accepté pour, selon son expression « faire disparaître le problème ». Sa seule condition avait été qu'elle ne dise à personne qu'il était le père, pas même à leur enfant. Cela ne l'avait pas gênée. Elle n'avait pas besoin de lui. Elle avait Patty.

Et Molly.

Au début, cette dernière avait été un peu distante, ne sachant visiblement pas trop quoi penser de cette inconnue enceinte qui avait emménagé dans leur chambre d'amis. Mais au fil des mois, toutes deux étaient devenues aussi proches que des sœurs. Ou du moins le genre de sœur que Sasha avait toujours rêvé d'avoir.

Pendant cette période où les cours par correspondance alternaient avec des loisirs partagés, le tout dans une ambiance familiale chaleureuse et sans aucun souci de paraître, Alexandra était devenue elle-même : Sasha. Elle riait pour des choses insignifiantes, faisait de longues balades dans la forêt avoisinante et attendait un bébé qu'elle aimait comme Patty aimait Molly. Comme toutes deux l'aimaient, elle.

Sasha pouvait affirmer que c'était la période la plus heureuse de sa vie – jusqu'au moment où les premières contractions étaient arrivées. L'accouchement avait été très douloureux, mais heureusement rapide et sans complications.

Quelques heures plus tard, elle tenait dans ses bras un minuscule bébé pour qui le long prénom qu'elle lui avait choisi semblait trop grand.

Sur une suggestion de Molly, Elizabeth fut donc rebaptisée Libby.

Si elle l'avait pu, Sasha se serait installée à demeure dans ce foyer si parfait et y aurait élevé sa petite fille. Hélas, sa mère ayant enfin commencé à se douter qu'elle ne se trouvait pas à Ibiza, elle avait dû partir.

Et laisser son bébé.

Molly savait déjà combien son amie était inquiète d'abandonner Libby à des étrangers. Patty, consciente aussi de ce fait, lui proposa donc peu avant son départ de la laisser adopter l'enfant. « Une adoption ouverte, de manière que tu puisses venir la voir quand tu veux. »

Sasha accepta et leur fit promettre à toutes deux de ne jamais révéler à quiconque qu'elle était la mère de Libby.

Une fois les documents signés, elle avait laissé son bébé avec deux personnes qui prendraient soin de lui et lui offriraient un formidable amour, et avait quitté le New Jersey, le cœur brisé.

Personne n'avait connu le motif de la dépression qui l'avait terrassée un an durant. Pas même le psychiatre que Humbolt l'avait forcée à consulter. Le temps passant, Sasha avait retrouvé son allant et s'était presque convaincue que rien n'était arrivé.

Mais c'était faux. Elle était déjà mère.

Et ne pouvait se résoudre à l'avouer à Rafael. Garder Libby cachée était autant pour la protection de sa fille que pour la sienne. Même s'il devait le découvrir à ce stade tardif, Humbolt pourrait causer beaucoup de dégâts dans la vie de Libby. Dans celle de Patty aussi, dont il ferait tout pour briser la carrière, essayant peut-être même de la faire arrêter.

Qu'est-ce que cela ferait à Libby ? À elles quatre ?

Non. Sasha ne pouvait pas les exposer à un tel risque. Elle s'accrocherait à son secret jusqu'à ce qu'elle soit dans sa tombe. Ou Rafael dans la sienne.

En attendant, elle aurait un bébé avec lui. Un qu'elle garderait, et tout serait parfait. Merveilleux.

Finalement, Sasha s'endormit. Elle se réveilla tard et trouva Rafael sur le pont, son petit déjeuner terminé, en train de savourer une dernière tasse de café.

— Je t'ai laissée dormir. Je pensais que tu en avais besoin. Tu étais agitée la nuit dernière.

Comme il scrutait son regard, elle répondit avec un haussement d'épaules désinvolte :

— Trop de champagne. Je n'aurai plus le droit d'en abuser désormais si nous essayons d'avoir un bébé.

La lueur qui apparut dans le regard de Rafael fit chavirer le cœur de Sasha.

— Vraiment ? Tu le veux ?

— Oui.

Tout en elle se mit à vibrer tandis qu'il l'attirait sur ses genoux, ne se doutant pas à ce moment-là qu'« essayer » deviendrait un mot si lourd et douloureux.

4

Quatorze mois plus tard...

Après des mois passés à l'amadouer, Rafael avait finalement réussi à faire venir Gio Casella sur son yacht.

Gio avait à peu près le même âge que lui, mais était issu d'une très vieille famille fortunée de Gênes. Il dirigeait Casella Corporation, un conglomérat international tentaculaire et bien établi. Conclure un accord avec lui permettrait enfin à Rafael de prouver qu'il avait autant le droit que quiconque de figurer parmi les acteurs principaux du commerce maritime mondial.

La compagnie féminine qu'Alexandra avait arrangée pour lui n'intéressait cependant pas Gio.

Jacinda venait d'une famille de moyenne importance, était bel et bien élevée, mais tentait de manière trop flagrante de s'attirer ses faveurs dans la piscine. En monokini, elle lui agitait ses seins – superbes au demeurant – quasiment sous le nez. Au vu de l'indifférence affichée de Gio, il trouvait de toute évidence la manœuvre plus irritante que séduisante.

Une baignade après le déjeuner avait peut-être été une mauvaise idée. Rafael aurait mieux fait de proposer de se remettre au travail. Mais Alexandra ayant été chargée de divertir leurs invités toute la matinée, il avait amené Gio sur le pont supérieur dans l'espoir que le soleil et un cocktail détendraient tout le monde et faciliteraient la communication.

Alexandra, en monokini comme les autres femmes, ne semblait pourtant pas détendue. Elle s'en voulait peut-être d'avoir mal interprété le statut de célibataire de Gio et vu en lui un homme en quête de bon temps, d'où son choix d'invités pour cette croisière. Rafael ne pouvait pas lui en tenir rigueur toutefois, étant donné la période stressante qu'elle venait de traverser.

Une semaine auparavant, son espoir d'être enceinte s'étant une nouvelle fois évanoui, il lui avait suggéré d'envisager d'autres options, tout en sachant qu'après trois tentatives ratées de fécondation in vitro il leur en restait peu.

Leur discussion s'imposa, encore douloureuse, à sa mémoire.

— Je sais que tu es déçue, mais...

La réponse avait fusé, aussi implacable que glaciale.

— Ne me dis pas ce que je ressens ! Ni que ce n'est pas grave. Mon corps devrait être capable d'y arriver.

Il avait alors pris sa décision.

— Je veux arrêter d'essayer le temps de réévaluer la situation. Une pause nous permettra de libérer la pression.

— C'est plutôt toi qui as besoin d'une pause, n'est-ce pas ? avait-elle alors demandé d'une voix pleine de ressentiment. Parce que remplir un gobelet dans une cabine de laboratoire est trop contraignant pour toi ?

Mais, malgré sa frustration, Rafael savait combien les injections, les procédures et l'attente étaient bien pires pour Alexandra. Il s'était montré plus attentionné, lui avait même offert un verre de vin qu'elle avait accepté avec résignation.

Depuis, elle buvait librement et avait recommencé à agir comme si la vie était une fête continuelle. Cela ne le dérangeait pas dans la mesure où leur vie intime était épanouissante. De plus, il comprenait que c'était sa manière d'oublier leur récente déception, mais il réalisait aussi que son problème de fertilité l'affectait bien plus profondément qu'elle ne le laissait paraître.

Il détestait qu'elle considère l'incapacité de son corps à tomber enceinte comme un échec personnel. C'était de la malchance. Il en était sincèrement attristé, sans hélas pouvoir lui en parler car elle mettait un terme à la conversation chaque fois qu'il essayait.

Lui non plus n'était pas au mieux de sa forme, songea Rafael en allant derrière le bar préparer des martinis. Il espérait qu'un nouveau cocktail permettrait à sa femme de se détendre, et il était décidé à demander ensuite à Gio de retourner à la table des négociations.

Il n'en eut pas l'occasion, car à cet instant un employé de pont arriva, accompagné d'une jeune femme tenant un porte-documents, dont le regard se porta aussitôt sur Gio.

Rafael se souvint alors que Casella lui avait demandé s'il pouvait faire venir son assistante afin de pouvoir poursuivre son travail pendant leurs négociations. Ce que Rafael avait accepté, et oublié.

Il n'aurait pas prêté attention à cette interruption si son épouse n'avait pas immédiatement manifesté une indéniable hostilité.

— Que faites-vous ici, *vous* ?

Rafael en fut choqué. Une telle impolitesse ne ressemblait pas à Alexandra – sauf lorsqu'elle s'adressait à ses parents – et était d'autant plus inappropriée qu'elle connaissait l'importance de son marché avec Casella Corporation. Était-elle encore fâchée qu'il ait voulu mettre en sommeil leurs efforts de procréation, pour s'en prendre à cette inconnue ? La pauvre femme semblait d'ailleurs gênée. Ses joues s'étaient enflammées.

— Qu'est-ce qui te prend, Alexandra ? demanda Jacinda de la piscine. Ça te choque de voir un membre du personnel sur notre pont ? Je ne te savais pas si snob.

Gio intervint aussitôt.

— Ce n'est pas une employée de bord, mais l'assistante de mon assistante exécutive. De quoi avez-vous besoin, Molly ?

L'assistante se racla la gorge avant de lui montrer le porte-documents et de répondre :

— Valentina m'a chargée de vous apporter ce dossier au plus tôt pour signature, monsieur Casella.

— L'assistante de votre assistante exécutive ? lança Rafael dans l'espoir d'atténuer la tension qui venait d'alourdir l'ambiance. Pas étonnant qu'il m'ait été si difficile de vous joindre pour vous transmettre cette invitation.

Tandis que son invité sortait de la piscine pour régler cette affaire, il versa les martinis tout en observant Alexandra. Elle avait enfilé un couvre-maillot vaporeux, dissimulé ses traits à l'aide d'un chapeau à larges bords, et remis ses lunettes de soleil.

— Merci, mon amour, dit-elle lorsqu'il lui apporta son cocktail et avant d'en boire une longue gorgée.

Que diable lui arrivait-il ?

Il jeta alors un coup d'œil à ladite Molly, éprouvant un élan de compassion pour elle. Lui aussi avait subi des réflexions lui rappelant où était sa place...

Gio, qui venait de signer le document, se tourna vers lui.

— Pourriez-vous faire envoyer ces documents sur le continent ? Je souhaiterais qu'ils soient à Londres demain matin.

— Bien sûr.

Et Rafael fit signe à son employé de faire le nécessaire.

— Je suis désolée, murmura alors Molly. Je resterai dans les étages inférieurs dorénavant.

— J'étais simplement surprise de vous voir ici, répliqua Alexandra d'un ton défensif, réalisant probablement combien son comportement avait été offensant. J'aime savoir qui se trouve à bord, y compris les employées que nos invités amènent avec eux.

— Tu croyais que nous avions un clandestin à bord ? demanda Rafael tout en scrutant son visage.

Elle ignora sa question, et montra enfin un intérêt poli envers la jeune femme.

— Que faites-vous exactement pour Gio ?

Et la réponse reçue, elle poursuivit en l'invitant à partager son petit déjeuner le lendemain.

Rafael fut sidéré de voir son épouse surcompenser ainsi son impair précédent, mais il se garda de le montrer.

Alors qu'un peu plus tard il rejoignait la salle de réunion avec Gio, Rafael était inquiet. Avec ses affaires en plein essor et ce marché juteux en devenir, il aurait dû se sentir plus confiant que jamais. Pourtant, ce n'était pas le cas. Son désir d'avoir des enfants jetait une ombre sombre sur son mariage. Alexandra souffrait, et il ne savait comment la rassurer. Résultat, il éprouvait un douloureux sentiment d'impuissance. Le pire sentiment au monde à ses yeux.

Comment diable allait-il améliorer cette situation ?

Son passé la rattrapait. Sasha avait l'impression qu'il allait lui tomber dessus d'un moment à l'autre.

Frissonnant sous l'effet de la brise marine entrant par la baie vitrée ouverte de sa cabine, elle resserra son kimono de soie autour de son corps. Après avoir vécu entre New York et la Suisse, les températures inférieures à 22 °C lui étaient difficilement supportables.

C'est pourquoi elle avait persuadé Rafael, pour cette croisière, de faire route vers le sud où soufflaient les vents chauds et secs d'Afrique. Elle avait espéré qu'ils dissiperaient la froidure de la dure réalité qui semblait déterminée à imprégner à jamais ses pauvres os.

Sasha sursauta en sentant soudain les mains de Rafael sur ses épaules.

— Tu ne m'as pas entendu sortir de la douche ? demanda-t-il en lui enroulant les bras autour de la taille.

Aussitôt elle se sentit en sécurité contre son torse puissant, chérie même. À cet instant, elle aurait presque pu croire que leur couple survivrait. Elle savoura ce contact.

— Non, je réfléchissais.

— À quoi ?

À sa colère contre son propre corps. Au sentiment d'être responsable de son problème d'infertilité, voyant en lui un châtiment karmique.

Ce n'en était pourtant pas exactement un. Il arrivait à des femmes qui n'étaient jamais tombées enceintes de souffrir d'endométriose. La cause de cette maladie était inconnue. On savait seulement qu'elle empirait avec le temps. En essayant d'avoir un enfant plus tôt, elle aurait peut-être obtenu un meilleur résultat. Mais comment savoir ?

Comme elle ne répondait pas, Rafael déclara :

— Je vais annuler ton rendez-vous de ce matin.

Il pouvait se montrer tellement autoritaire parfois ! Elle se libéra et se tourna vers lui, nu jusqu'à la taille, une serviette de bain ceinte autour des hanches, maudissant le fait qu'il soit si bien bâti. La seule vue de ses muscles dessinés sous sa peau ferme au bronzage satiné suffisait à la mettre en émoi.

— Pas question. Pourquoi ?

— Tu as été très fougueuse, cette nuit, répondit-il en lui caressant le cou. Je ne me plains pas. Bien au contraire. Mais tu devrais dormir un peu plus longtemps.

Sasha sentit ses joues la brûler. Elle s'était en effet montrée très entreprenante et avait fait semblant d'être éméchée alors qu'en réalité le désespoir l'avait poussée à le vouloir avec une intensité peu habituelle. Ils faisaient cependant l'amour avec une passion désespérée ces derniers temps, comme si tous deux sentaient que la fin de leur couple était proche.

Mais elle était peut-être la seule à ressentir cela.

— Que se passe-t-il ? demanda-t-il en lui soulevant le menton pour croiser son regard. Tu as des regrets ?

— À propos de la nuit dernière ? Certainement pas.

C'était vrai. Mais elle en avait tant d'autres qu'ils la submergeaient au point de faire glisser le voile qui séparait Sasha d'Alexandra.

Alexandra était la femme forte qu'elle avait toujours voulu être. Pas une victime. Celle qui ignorait les chagrins d'amour et était insensible aux coups durs de la vie.

Sasha, elle, était tourmentée, pleine de besoins affectifs et avide d'amour. Elle souffrait. Tout le temps.

Elle fit donc ce qui marchait toujours lorsqu'elle se sentait sans défense face à lui. Elle dénoua la serviette qui lui ceignait les hanches. Les lèvres de son mari s'entrouvrirent, mais au lieu de mots ce fut un râle à peine perceptible qui s'en échappa tandis qu'elle caressait son sexe frémissant. Une lueur soupçonneuse traversa ses yeux. Il savait qu'elle essayait de le distraire.

Elle s'agenouillait lorsqu'il l'arrêta.

— Non. J'ai été un peu brutal hier soir. Laisse-moi me rattraper et te donner du plaisir maintenant.

L'attirant alors à lui, il enroula ses cheveux d'une main, lui tira la tête en arrière, puis prit possession de sa bouche.

Sasha aurait dû résister au lieu de capituler aussi facilement comme toujours, mais elle s'abandonna à ses lèvres, laissa glisser ses mains le long du dos de Rafael et lui empoigna les fesses. Elle l'excitait tout en essayant de prendre le contrôle.

Il fit de même, à sa manière, en plus efficace. D'une main légère, il la caressa par-dessus son kimono, lui signifiant qu'elle pouvait faire preuve de fougue mais qu'il n'était pas pressé.

— Gio ne t'attend pas en salle de réunion ? demanda-t-elle dans un souffle tandis qu'il abandonnait ses lèvres pour lui embrasser le cou.

— Il peut attendre.

En plus de ses attentions, ces mots eurent raison de son

hésitation. Rafael lui donnait l'impression d'être unique. D'être sa priorité. La seule chose importante pour lui.

Et Sasha avait désespérément besoin de cela en cet instant.

Dénouant alors son kimono, il se pencha, prit ses seins en coupe et un téton entre ses lèvres.

Sasha frémit.

— Aussi intense qu'ait été cette nuit, elle ne semble pas avoir rassasié notre appétit sexuel, dit-il, avant de demander : Es-tu sûre d'avoir encore envie de moi ?

— Oui. Toujours.

Réalisant alors que ces mots trahissaient son besoin de lui, elle tenta de sauver la face :

— Pourquoi cette question ? Tu crains de ne pas pouvoir tenir le rythme ?

— *Glikia mou*, mon plaisir est de te satisfaire, tu le sais bien, voyons. Tu peux toujours compter sur moi. Jusqu'à ce que tu me supplies d'arrêter.

Sur ces paroles, il la souleva, la porta jusqu'au lit, l'embrassa avec douceur, puis s'agenouilla sur la moquette.

Dans la seconde suivante, il lui avait soulevé les jambes et les avait passées au-dessus de ses épaules. Sasha sentit alors la peau fraîchement rasée de ses joues effleurer l'intérieur de ses cuisses, et sa bouche se poser sur son intimité, la goûter avec tendresse.

— Rafael…, gémit-elle.

— Que veux-tu, *louloudi mou* ? Que j'arrête ?

— Non. Je t'en prie, surtout pas.

Un petit son satisfait s'échappa des lèvres de son mari, qui entreprit alors de lui donner du plaisir, sans se presser, la faisant se cambrer et lui enfoncer ses talons dans le dos, lui arrachant des gémissements de plus en plus soutenus.

Elle trouva rageant d'être si impuissante sous l'effet de ses attentions, mais c'était tellement délicieux d'être prisonnière d'un tel piège. Chaque fois, angoisse et regrets disparaissaient. Seul restait le plaisir de s'abandonner aux sensations.

Pourtant, en cet instant particulier, Sasha se sentait très solitaire. Elle aurait aimé que Rafael soit aussi captivé qu'elle. Qu'il se perde en elle. Car, plus il lui donnait du plaisir, plus il la désarmait. Il lui volait des petits morceaux de son âme, l'un après l'autre.

— Prends-moi.

Elle lui attrapa alors les cheveux, mais il resserra ses mains sur ses cuisses. Comme la langue de son mari torturait avec ardeur le point le plus sensible de son intimité, la jouissance fondit sur Sasha avec une explosion de sensations dont les ondes se répercutèrent dans tous ses membres.

Rafael lui caressa les cuisses, puis se releva.

Le corps palpitant, le pouls encore emballé, elle vit alors l'évidence de son désir.

Il se pencha pour lui effleurer la joue et en écarter une mèche de cheveux. Puis il ramassa sa serviette de bain.

— Merci, *glikia mou*. J'ai beaucoup apprécié.

Stupéfaite, elle demanda :

— Tu ne veux pas me prendre ?

— Plus tard. Gio risque de s'impatienter. Dors un peu. Je vais annuler ton rendez-vous de petit déjeuner.

Sasha se redressa brusquement.

— Non.

— Pourquoi donc ? Il n'est pas important.

Rafael avait parlé calmement, mais son regard était devenu attentif.

Espèce de salaud, pensa-t-elle. Cet épisode sensuel n'était qu'une tentative pour la déconcerter. Ce qu'elle aurait trouvé méprisable si elle n'avait pas essayé la première et échoué.

Elle se releva et rattacha la ceinture de son kimono.

— J'ai besoin de penser à autre chose qu'à ma propre inaptitude.

— Arrête. Te blâmer ne sert à rien. Je ne te blâme pas, moi.

— Ah ! parce que, si tu ne le fais pas, alors je ne devrais pas le faire, c'est ça ?

Sasha savait que sa réflexion le ferait réagir. C'était justement pour cela qu'elle l'avait faite.

Ils se lancèrent un regard noir, tels deux imbéciles querelleurs. Si elle avait vu deux autres personnes agir de la sorte, elle leur aurait lancé : « Divorcez donc ! »

Cette pensée lui glaça le sang.

— Non, dit-il d'un ton lugubre. Tu ne devrais pas.

Sur ces mots, il partit dans la salle de bains.

Quelques secondes plus tard, Sasha entendit l'eau couler.

Il était si arrogant. Pourtant, il essayait de la soutenir, à sa manière. Mais il ne savait pas pourquoi elle était si en colère contre elle-même.

La tentation fut forte de tout lui expliquer. La crainte la retint de lire dans ses yeux le même mépris que dans ceux de Humbolt. Celui qu'elle-même éprouvait.

Lorsque Rafael sortit de la salle de bains, Sasha y entra.

À son retour dans la chambre après sa douche, il était parti.

5

Lorsque, à 10 heures précises, on frappa à la porte de la cabine, Sasha se précipita pour ouvrir.

— Entre vite. Merci d'être venue.

Molly n'avait quasiment pas changé. Ses cheveux châtains étaient rassemblés en un sage chignon bas sur la nuque. Son tailleur-pantalon – de confection – lui donnait un petit air provincial, mais elle était toujours la même et affichait en cet instant une mine contrite.

— Je suis désolée, Sasha. J'ignorais que tu étais la femme de Rafael Zamos, sinon je ne serais pas venue sur ce yacht. Ou je ne serais en tout cas pas montée sur le pont supérieur. Mais surtout, ne t'inquiète pas, je ne dirai rien. Je t'en donne ma parole.

Sasha, qui avait prévu de lui demander d'emblée combien elle voulait pour son silence, sentit une vague de soulagement lui déferler dessus, et enlaça son ancienne amie. Passé un léger sursaut de surprise, celle-ci referma les bras autour d'elle. Leur étreinte fut maladroite après tant d'années de séparation, mais agit comme un baume sur la douleur de Sasha.

— C'est si bon de te revoir, dit Molly.

Pour toute réponse, Sasha fondit en larmes.

Un moment embarrassant pour elle qui avait si bien appris à dissimuler ses émotions depuis son départ du New Jersey en quittant Molly, Patty, et son bébé, les trois seules personnes qu'elle aimait au monde.

Les effusions de leurs retrouvailles passées, Sasha invita Molly à s'asseoir à la table du petit déjeuner.

— Comment va ta mère ?

— Bien. Nous allons toutes les trois très bien.

Elle attendait visiblement une question de sa part, mais n'en voyant pas venir elle poursuivit :

— Libby est extraordinaire. Elle est intelligente, belle, pleine d'humour. Parfois elle me demande…

— Arrête, je t'en prie, l'interrompit Sasha, le cœur à vif. Il m'est trop difficile d'entendre parler d'elle. Ça m'est insupportable.

Surtout désormais qu'elle savait ne plus pouvoir porter un autre bébé que Libby.

Sa douleur était telle qu'elle pouvait à peine respirer. Pour se ressaisir, elle leur versa à toutes deux une tasse de café, bénissant sa mère de lui avoir appris à toujours se comporter comme si tout allait bien. Mais une explication s'imposait.

— Rafael n'est au courant de rien. Patricia, toi et moi sommes les seules à savoir. Il est impératif que cela reste ainsi.

Une expression blessée figea les traits de Molly.

— Je comprends ta décision et la respecte. Je ne peux néanmoins pas prétendre ne pas avoir de sœur.

La voir défendre avec fierté celle qu'elle appelait sa sœur conforta Sasha dans l'idée qu'elle avait pris la bonne décision en laissant son bébé avec Patty et Molly.

— Puis-je savoir comment tu as rencontré Rafael ? demanda alors son amie.

Après avoir brossé un portrait élogieux de l'homme en smoking de la salle de bal new-yorkaise, et lui avoir raconté comment il l'avait invitée à danser, Sasha déclara :

— J'ai eu l'impression de vivre un rêve. En plus, tout s'est passé sous le nez d'un garçon snob que mes parents voulaient me faire épouser.

Molly la regarda, un sourire amusé aux lèvres. À la voir ainsi, si naturelle et mangeant de bon appétit ses œufs brouillés accompagnés d'un crostini au saumon fumé, Sasha lui envia sa confiance en sa valeur. Pas de régime, de maquillage, de soutien-gorge rembourré ou de coiffure élaborée pour son amie. Sa mère lui avait appris que, si un homme ne l'aimait pas telle qu'elle était, il ne l'aimait pas tout court.

Elle poursuivit alors son récit avec leur mariage secret puis son annonce au cours du brunch donné par les Humbolt. Elle se retint de lui confier que le père de Libby y assistait. S'être pavanée au bras de son nouveau mari sous ses yeux était suffisant.

— C'était donc un coup de foudre, dit Molly avec un sourire mélancolique.

Sasha reposa si brusquement sa tasse qu'elle heurta la soucoupe.

— Il s'agissait d'une bonne entente qui a débouché sur un accord où chacun de nous y trouvait son compte. Nos sentiments ont grandi avec le temps.

Une version pas tout à fait honnête, mais elle ne voulait pas avouer à quiconque à quel point leur engagement émotionnel était inégal ni combien elle aurait aimé le voir plus investi.

— Rafael me gâte, ce qui n'est pas pour me déplaire. Il est attentionné, toujours là pour moi. Nous nous respectons mutuellement, ce que je n'espérais trouver avec aucun autre homme.

Il se montrait parfois arrogant, mais elle passa cela sous silence pour ajouter avec un sourire coquin, ignorant son sentiment de solitude éternellement présent :

— Et au lit c'est un véritable expert.

— J'en suis vraiment heureuse pour toi.

— Parle-moi de toi à présent. Y a-t-il un homme très spécial dans ta vie ?

Les joues de Molly rosirent. Elle but une gorgée avant de répondre.

— Non. Je me concentre entièrement sur ma carrière.

— Tu veux dire sur ton patron ? la taquina Sasha.

— Je t'en prie, dis-moi que ce n'est pas aussi évident.

— J'avais beau être sidérée par le choc hier, j'ai tout de même vu qu'il y avait quelque chose entre vous. Vous sortez ensemble ?

— Pas du tout ! Il est à peine conscient de mon existence.

Bien que certaine d'avoir perçu tout autre chose, Sasha se tut. Elle savait comment opéraient les hommes riches. Après avoir failli épouser une jeune femme issue d'une famille noble et dotée de relations enviables, Gio ne se rendait peut-être pas compte de la valeur de Molly et voyait simplement en elle une jolie fille éprise qu'il pourrait séduire le temps d'assouvir son désir.

— En réalité, et bien malgré moi, Gio m'attire comme un aimant. Tu as vu son physique.

— Il est beau gosse, certes, mais je n'ai d'yeux que pour mon mari. Promets-moi de ne pas le laisser jouer avec toi.

— Ne t'inquiète pas, ça n'arrivera jamais. Tant mieux, d'ailleurs, car je ne saurais pas quoi faire. Je n'imagine pas sortir avec un homme qui vit dans un monde si différent du mien. Mais je suis contente que tu sois si heureuse.

Sasha se mordit la lèvre. Cette réflexion venait de raviver sa blessure. Soudain, sa peine éclata :

— Je n'arrive pas à tomber enceinte.

Molly lui prit aussitôt la main.

— Ce n'est probablement qu'une question de temps. Ne perds pas espoir. Tu veux appeler maman ? Elle aura peut-être des conseils à te donner.

— Non, des spécialistes me suivent. Ça fait déjà près de deux ans qu'on essaye.

Et le fait que Rafael veuille faire une pause la terrifiait. Allait-il la quitter si elle ne réussissait pas à lui donner très vite un bébé ? Sasha prit le temps d'essuyer ses yeux avant de poursuivre :

— On veut vraiment y arriver, Molly, mais mon corps refuse de coopérer. Je suis tombée enceinte une fois, et maintenant plus moyen. C'est si injuste. Je ne peux m'empêcher de penser que je suis responsable de cet échec.

— Non, ce n'est pas ta faute. Rafael doit bien te le dire, non ?

— Oui, et ça ne m'aide pas. On a envisagé une adoption, mais lui-même a été adopté et je sens qu'il veut un enfant de son propre sang. Moi aussi d'ailleurs. Or je suis incapable d'y arriver. Ça me rend malade. J'en veux à mon corps. La colère me ronge.

— Rafael te met la pression ?

— Non, au contraire. Il veut qu'on arrête d'essayer un moment. Du coup, je me sens encore plus incapable. Je paye chèrement une bêtise passée.

— Tu n'y étais pour rien. Tu n'avais que seize ans, bon sang ! Cet homme était un adulte, il avait le double de ton âge, était marié et a abusé de toi.

— Je savais que ce que je faisais était mal, Molly.

— En attendant, il t'a laissée vivre ta grossesse toute seule ! Son crime est bien supérieur au tien. En as-tu parlé à un psychologue ?

— Non, je ne peux en parler à personne.

Et surtout pas à Rafael qui, même s'il essayait de la soutenir dans cette période difficile, ne lui pardonnerait jamais d'avoir abandonné sa petite fille, et la quitterait probablement sur-le-champ.

À cette pensée, les sanglots de Sasha redoublèrent.

Molly se précipita à ses côtés.

— Calme-toi. Pleurer ne sert à rien. On va trouver une solution, j'en suis sûre. Dis-moi tout ce que tu as sur le cœur.

Sasha s'essuya les yeux, puis prit une profonde inspiration.

— Je souffre d'endométriose. Une forme sévère. J'ai subi toutes sortes de traitements, des injections à n'en plus finir, en vain.

On a même fait trois fécondations in vitro. Aucune n'a marché. Et en plus j'en deviens odieuse. Je me demande comment Rafael peut me supporter et rester avec moi. Tu te rends compte, je ne peux même pas donner un enfant à l'homme que j'aime !

— Je suis tellement désolée, ma chérie.

La compassion de Molly toucha Sasha. Lui parler avait un peu soulagé sa peine. Mais leurs chemins allaient diverger une fois de plus, et elle resterait seule avec ses problèmes, sans soutien. Même après avoir assuré la veille à Gio qu'elle ne lui prendrait pas son assistante, elle aurait volontiers payé son amie pour la garder en permanence à ses côtés.

— Avez-vous envisagé d'avoir recours à une mère porteuse ? demanda soudain Molly.

— Pas sérieusement, car je serais obligée d'expliquer mes raisons d'en prendre une.

— Tu ne dois d'explications à personne.

— Certes, mais on devrait interviewer des inconnues, ça se saurait. Et cela reviendrait à faire entrer une femme dans notre vie intime. Non, je ne veux pas. Je veux y arriver seule. Mais j'en ai tellement assez d'être si malheureuse, si inutile, si *seule*, et tout ça par ma faute.

— Je t'en prie, Sasha, arrête de te blâmer. Tu nous as procuré un bonheur immense en nous laissant ta fille. Si je pouvais...

Molly se tut brusquement.

Paniquée à l'idée que Rafael ait pu entrer et surprendre ces propos, Sasha lança un rapide coup d'œil à la porte, mais la pièce était vide.

— Si tu pouvais quoi ?

— Je me suis tue, car je voulais réfléchir afin de ne pas te faire une proposition à la légère. Si je pouvais t'offrir le même bonheur, je le ferais, Sasha. Crois-tu que je pourrais essayer de porter un enfant pour vous ?

Le cœur de Sasha fit un bond dans sa poitrine. Puis son

enthousiasme retomba. Comme toujours, Molly était loyale, altruiste et cherchait à l'aider. Elle s'en voulut d'avoir ignoré son amitié pendant si longtemps simplement pour garder Libby à l'abri de Humbolt.

— C'est gentil, mais...

— Je suis sérieuse. Bien sûr, je devrai passer des examens et que sais-je encore. Mais tu sais combien je désirais une sœur, et tu m'en as donné une. Deux même, car je ne t'ai jamais oubliée. Alors, si je peux être ta mère porteuse, je serai heureuse de l'être.

— Comment expliquer cela à Rafael ?

— Tu veux dire que tu es d'accord, c'est ça ?

Sasha s'efforça d'étouffer son espoir, peu certaine qu'une telle décision soit sage. Pourtant, ramener Molly dans sa vie lui évitait d'avouer son passé à quiconque, y compris Rafael...

— Je ne peux pas te demander une chose pareille.

— Tu ne me demandes rien, je te le propose, répliqua son amie avec un sourire heureux. Je t'en prie, laisse-moi essayer. Je veux faire ça pour toi, si je le peux. Je le veux vraiment.

Sasha resta un instant sans voix, incapable d'imaginer comment les choses se passeraient et comment elle revaudrait cela à son amie. Elle finit cependant par hocher la tête.

— Si tu es sûre de le vouloir, alors, oui. J'accepte. S'il te plaît, essaye.

Dès leur retour en fin d'après-midi dans leur villa d'Athènes, Rafael entraîna Alexandra dans la piscine où ils nagèrent ensemble pendant que le personnel s'occupait de défaire leurs bagages.

Construite selon les directives de son épouse, la maison, qui dominait la baie de Dikastika dans l'Attique, avait trop d'escaliers à son goût. Toutefois, ses cinq étages remarquablement décorés et ses superbes jardins rendaient envieux leurs invités, et lui avait enfin l'impression d'avoir un foyer.

— As-tu prévu d'aller bientôt à Londres pour affaires ? demanda soudain Alexandra.

— Je n'ai rien d'urgent à y faire, pourquoi ?

Après quinze jours de croisière, et même s'il avait continué à mener ses affaires depuis l'*Alexandra*, sa présence au siège de la société était souhaitable, et il devait suivre de près les clauses négociées du marché en cours avec Gio Casella. Celui-ci avait toutefois un bureau à Londres. Il pourrait s'avérer utile d'aller l'y rejoindre.

— Je pense nous avoir trouvé une mère porteuse.

— Quoi ? demanda-t-il, stupéfait.

— Tu n'as pas l'air enchanté.

— Je suis simplement étonné. Tu n'as jamais voulu envisager cette option. Il me semble que nous aurions dû en discuter d'abord, et ensuite prendre cette décision ensemble.

— Eh bien, nous en parlons maintenant.

Alexandra venait de retrouver en un instant sa manière hautaine de lui parler sans le regarder, et continua en lui tournant le dos pour monter les marches de la piscine.

Rafael trouva cela irritant. Il se tut toutefois et admira en silence sa silhouette parfaite tandis qu'elle se douchait, puis enroulait une grande serviette de bain autour de son corps.

Sortant à son tour de l'eau, il se doucha, se sécha, puis la suivit dans l'escalier extérieur menant à leur chambre.

— Explique-moi tout, déclara-t-il pendant qu'ils se rhabillaient.

— Tu te souviens de l'assistante de Gio avec qui j'ai pris un petit déjeuner ?

Le ton trop désinvolte de son épouse mit aussitôt Rafael sur ses gardes.

— Molly ?

Alexandra darda sur lui un regard noir.

— Tu te rappelles son nom ?

— Pourquoi ce ton soupçonneux ? Retenir les noms est toujours utile.

— Peu importe. Elle et moi en sommes arrivées à discuter de mes problèmes.

— Comment ça ? demanda Rafael, sidéré. Tu n'en parles jamais à personne.

Elle abordait le sujet avec lui presque sous la contrainte et avait catégoriquement refusé de consulter un psychologue qui aurait pourtant pu l'aider.

— C'est venu par hasard quand elle m'a dit que sa mère était sage-femme. C'est une longue histoire mais, finalement, elle m'a proposé d'être notre mère porteuse.

— Pourquoi ? Elle a besoin d'argent ?

— Tiens donc, tu méprises une femme prête à porter un enfant pour de l'argent, alors que tu m'as épousée pour le mien ?

Rafael s'en voulut d'avoir fait preuve d'un cynisme déplacé.

— Tu as raison, c'est un travail. Ça mérite compensation.

— Parce que tu estimes qu'être mon pari est un travail ?

Décidément, Alexandra était très susceptible ces derniers temps.

— Plutôt une vocation, ma chérie, répondit-il en la prenant par la taille. Quoique je mérite une prime de risque parfois.

Il s'apprêtait à l'embrasser, mais elle détourna la tête. Ses lèvres rencontrèrent ses joues. Il la lâcha et enfila sa chemise tandis qu'elle finissait de s'habiller.

— Qu'est-ce qui te fait penser qu'elle est la bonne personne pour nous ? Elle l'a déjà fait ?

— Non. Cela pourrait d'ailleurs être un obstacle. Les médecins recommandent une femme ayant déjà eu des grossesses sans problème.

Rafael écarta cet argument. Les obstacles étaient faits pour être surmontés. L'argent y aidait.

— Pourquoi elle ?

— Elle est discrète.

— Qu'en sais-tu ?

— Elle ne travaillerait pas pour Gio si ce n'était pas le cas.

— Effectivement.

— C'est une jeune femme consciencieuse qui ne fait pas d'excès. Elle a même refusé le mimosa que je lui proposais, car elle ne boit pas pendant ses heures de travail.

— Quelle sobriété !

— Épargne-moi l'ironie. Elle m'a paru honnête et responsable. En plus, elle réside à Londres où se trouve la clinique du Dr Nerula. Nous devrions au moins lui faire passer les examens nécessaires afin de tester sa compatibilité avec nous. Je n'entretiendrai pas d'espoir insensé tant que je ne saurai pas si c'est possible.

Même si Rafael sentait qu'Alexandra lui cachait quelque chose, son optimisme le soulagea. Et elle avait raison. Ils ne risquaient rien à essayer.

— Si c'est ce que tu veux, d'accord. Faisons-lui passer ces examens.

— Vraiment ?

Alexandra était si belle qu'elle lui coupait toujours le souffle comme la première fois où il l'avait vue à New York. Mais dans des occasions comme celle-ci, lorsque son assurance disparaissait pour révéler ce qu'elle voulait désespérément, elle avait l'air très jeune, très vulnérable.

Une étrange émotion serra le cœur de Rafael, une qui le perturbait régulièrement, car elle n'avait rien à faire entre eux. Ils formaient une équipe. Efficace. Rien de plus.

Il n'aurait jamais pensé à la qualifier de « maternelle », mais elle voulait un enfant, et il souhaitait lui donner une famille. Alors, si pour cela il fallait faire appel à une mère porteuse, qu'il en soit ainsi.

— Oui, répondit-il en lui prenant le visage entre les mains.

Il pressa ses lèvres sur les siennes. Elle s'abandonna alors contre lui.

— Je veux que tu sois heureuse, Alexandra. Je l'ai toujours voulu. Si tu penses que ça peut marcher avec Molly, alors tentons notre chance.

— Merci, murmura-t-elle contre son oreille.

6

Dès leur décision prise, les entretiens obligatoires avec une psychologue suivirent, puis les examens et les diverses procédures. Cela prit des mois, et l'implantation de l'embryon eut lieu début avril.

Sasha avait proposé de rester à Londres en attendant le résultat, mais Molly devait travailler. De plus, elles étaient toutes deux conscientes d'échecs possibles, et Molly avait accepté de faire trois essais. Une offre généreuse étant donné le côté invasif et chronophage des opérations.

Elle prenait son petit déjeuner avec Rafael sur la terrasse de leur suite d'hôtel surplombant la plage de Copacabana à Rio de Janeiro, lorsqu'un appel du Dr Kala Nerula arriva sur son téléphone.

La communication acceptée, les visages de la praticienne et de Molly apparurent à l'écran dans deux fenêtres séparées.

— Bonjour, Molly. Bonjour, Alexandra, dit Kala. Rafael est avec vous ?

— Oui. Il est devant moi.

Rafael posa sa tasse de café, regarda son épouse, puis se pencha par-dessus la table pour entendre la conversation passée sur haut-parleur.

— Félicitations...

La suite se perdit pour Sasha. La voix de Molly lui parvint

vaguement, lointaine et enthousiaste. Une vague d'émotion la submergea, et sa main se mit à trembler. Rafael lui prit aussitôt le téléphone.

— Mon épouse est en état de choc. Je vous rappelle plus tard, Molly. Merci beaucoup.

Il reposa le portable, puis l'attira à lui et la serra dans ses bras. Il était heureux, elle l'entendait à sa voix.

— Eh bien, voilà, c'est fait. On y est arrivés.

Eux, oui. Pas elle.

— Tu trembles, *agapi mou*.

— Ça pourrait encore mal tourner.

Non pas qu'elle le veuille. Une fausse couche serait traumatisante pour Molly et elle. L'ampleur de ce que son amie faisait la frappa alors de plein fouet.

Je ne mérite pas une telle générosité.

Et pourquoi ne suis-je pas heureuse ?

Réalisant que Rafael haussait les sourcils face à son manque d'enthousiasme, elle se hâta d'ajouter :

— On est censés attendre le troisième mois pour se réjouir d'une grossesse. Je ne veux pas y croire avant d'être sûre que le fœtus tient bon.

Sasha se libéra des bras de Rafael et alla s'accouder de dos à la balustrade.

— Je ne veux pas que mes parents l'apprennent. Humbolt trouverait le moyen d'en tirer profit. Il gère encore l'ensemble des propriétés dont ma mère a la jouissance à vie. Il serait capable de trouver Molly et de la harceler. Une fois le bébé arrivé, je pourrai enfin me débarrasser définitivement de cet homme.

— Est-ce la seule raison pour laquelle tu voulais un bébé ?

La voix soudain glaciale de son mari la toucha.

— Non.

Si ça avait été le cas, elle aurait gardé Libby des années auparavant. L'envie ne lui en avait pas manqué, mais son bébé – la petite sœur de Molly – n'était pas une arme. Sasha avait toujours su que le mieux pour sa fille était de la laisser vivre hors du foyer toxique qui avait été le sien. Cependant, elle réalisa alors que son bébé allait venir au monde dans un univers tout aussi peu aimant.

Qu'avait-elle fait ?

Et Rafael qui la regardait comme s'il ne la reconnaissait pas.

— Non. Il s'agit toutefois de mon argent, celui que mon père nous destinait à mon enfant et moi. Je refuse que Humbolt garde quelque pouvoir que ce soit sur moi. Si tu étais à ma place, tu te battrais bec et ongles aussi, n'est-ce pas ?

Rafael la regarda. Malgré son air sombre, il était terriblement beau avec les premiers boutons de sa chemise ouverts sur son torse bronzé.

— C'est vrai, mais le gain financier n'est pas la première chose qui m'est venue à l'idée en apprenant que notre bébé était en route.

— Ça fait de toi une bien meilleure personne que moi, j'imagine.

Sur cette flèche, Sasha se tourna face à la balustrade. Elle ne vit rien de la vue cependant. Elle comprit seulement que ce bébé n'allait pas améliorer la situation entre eux. Comment avait-elle pu croire le contraire ?

Mais elle voulait son bébé, celui que Molly portait. Le bébé de Rafael.

Se demandant soudain comment elle survivrait si un malheur arrivait, Sasha se prit la tête entre les mains.

Dans la seconde suivante, Rafael la fit se retourner et la prit dans ses bras.

— Je refuse de me disputer avec toi alors que nous venons de recevoir une si magnifique nouvelle. Tu en es heureuse, n'est-ce pas ? Car c'est trop tard pour changer d'avis, maintenant.

— Oui, je suis heureuse, parvint-elle à dire, les yeux brûlants de larmes retenues. Mais j'ai très peur que ça ne marche pas et que nous devions repartir de la case départ. Et j'ai peur… d'être mère.

La gorge de Sasha se serra brusquement. Comment guider

un enfant à travers les écueils de la vie, comment s'en occuper avec amour quand personne ne l'avait fait pour elle ?

— Que se passera-t-il si je suis une mère horrible ? demanda-t-elle en sanglotant. Et si j'en fais un enfant détraqué à vie ?

Rafael lui écarta une mèche du visage et la passa derrière son oreille.

— Détraqué est un bien grand mot. Hyper gâté est probablement plus juste. Je suis certain d'avance que nous serons trop indulgents. Mais, même si nous commettons des erreurs, je ne suis pas inquiet. Ta mère est, au mieux, incompétente. Pourtant tu t'en es magnifiquement sortie.

— C'est ça ! répliqua-t-elle, les bras serrés contre sa poitrine pour résister à la pression de ceux de Rafael.

— D'accord, tu as été une fêtarde rebelle pendant quelques années. C'est ce qui te rend intéressante.

La plupart des histoires à son sujet étaient exagérées. Jouer la fille excentrique lui permettait de rendre ses parents fous et leur dissimulait ce qu'elle faisait réellement à seize ans.

Rafael glissa les mains dans ses cheveux et lui prit la nuque en coupe.

— Tous les parents doutent d'eux-mêmes à certains moments, Alexandra. Cela nous arrivera aussi, mais nous formons une équipe de choc. Nous l'avons prouvé.

Une équipe de choc. Le cœur de Sasha se serra. La voyait-il seulement comme une parfaite partenaire ?

— Tant que nous sommes honnêtes l'un envers l'autre, ajouta-t-il, nous vaincrons tous les obstacles.

Elle retint un « Ah, bon ? » ironique et garda les yeux baissés pour lui dissimuler tout ce qu'elle cachait.

— Regarde-moi, Alexandra. Tu es toujours honnête avec moi, n'est-ce pas ?

— Oui.

Elle l'était, en effet. Mais pas d'une totale transparence.

— Alors, ne soyons pas négatifs. Quand un problème surgira, on le gérera. Célébrons plutôt la prochaine arrivée de notre premier bébé.

Ton premier bébé, corrigea Sasha en son for intérieur.

Rafael la prit alors à nouveau dans ses bras, l'incitant à s'abandonner à lui.

Après s'être raidie une seconde, elle passa les bras autour de la taille de son mari et posa la joue contre son torse.

Rafael avait pensé que dès leur retour à Athènes son épouse aurait surmonté ses angoisses, se réjouirait de savoir leur bébé en route et redeviendrait celle qu'elle était avant qu'ils décident de fonder une famille.

Il n'en fut rien.

Au fil des semaines, la distance entre eux ne fit que croître au lieu de diminuer. Alexandra était sans cesse tendue, et son sentiment d'échec continuait de la torturer, peut-être même plus intensément depuis qu'une autre femme portait leur bébé.

À vrai dire, lui-même avait été d'accord avec sa cause immédiate de refus la première fois où ils avaient envisagé d'avoir recours à la gestation par autrui : cela revenait à permettre à une étrangère de pénétrer dans leur couple.

Molly l'avait conquis cependant. Elle était agréable et discrète, sérieuse et intelligente. Lorsqu'ils en étaient arrivés à discuter du côté financier de leur accord, elle avait demandé une compensation raisonnable pour ce service particulier, ainsi que le paiement de ses frais médicaux et d'une somme couvrant sa perte de salaire pendant son congé maternité.

Il avait bien entendu ajouté un zéro au montant estimé. Molly avait essayé de refuser. Rafael avait tenu bon. Elle venait certes d'un milieu humble et n'avait pas de besoins importants, mais il tenait à ce qu'elle vive cette période dans un confort moral, physique et financier.

De plus, elle avait soulevé des points auxquels Rafael n'avait pas pensé, lui prouvant à quel point elle prenait son rôle au sérieux. Ils avaient donc inscrit dans leur contrat les mesures à prendre si Alexandra et lui ne pouvaient, pour une raison ou une autre, prendre le bébé après sa naissance.

Depuis le début, Molly s'était montrée très accommodante. Sa seule requête avait concerné l'accord de confidentialité.

« Je souhaite qu'il exclue ma mère. Elle est sage-femme, déjà tenue au secret professionnel, et elle me sera d'un grand soutien. »

« Nous sommes d'accord. »

La réponse si spontanée d'Alexandra – pour eux deux et sans le consulter au moins du regard – avait sidéré Rafael. Qu'elle ne veuille pas mettre ses parents au courant était compréhensible. Cela, même si elle n'avait guère besoin du reste de la fortune qui devait lui revenir puisque, étant mariée avec lui, elle bénéficiait de la sienne en expansion constante, mais c'était son dû. Donc, Rafael la laissait faire et gardait l'œil sur Humbolt, prêt à le traîner en justice – ou l'intimider physiquement au besoin – s'il se comportait très mal. Ce qui l'intriguait cependant était qu'elle semblait craindre son beau-père, comme si celui-ci détenait un secret la concernant.

Il aurait bien aimé la questionner sur ce sujet. Mais ils avaient choisi d'un commun accord de garder leurs passés pour eux-mêmes et de s'accepter tels qu'ils étaient au moment de leur rencontre. Or cela arrangeait Rafael.

Le fait qu'Alexandra soit d'accord pour mettre une Américaine inconnue dans la confidence l'avait donc terriblement surpris.

Tout comme son entente immédiate avec leur mère porteuse. Il sentait même une complicité entre les deux femmes qui parfois le rendait soupçonneux.

Molly leur avait aussi proposé de se renseigner sur les antécédents de sa mère à la condition expresse qu'ils ne cherchent pas à connaître l'identité des parents biologiques de sa sœur. Rafael l'entendait encore déclarer :

« Elle le fera elle-même si elle en ressent le besoin un jour. De plus, cette information n'a aucune incidence sur notre contrat. »

Alexandra avait répondu pour eux deux une fois de plus :

« Rafael comprend à quel point ce serait intrusif. Il a été lui-même adopté, et c'est de notoriété publique, mais à une époque cela a été utilisé contre lui. Il ne porterait jamais tort de cette manière à une enfant innocente. »

Sur ces paroles, elle lui avait adressé un regard le dissuadant de la contredire et chargé d'une menace claire au cas où il oserait.

La petite fille n'ayant aucun contact avec ses parents biologiques, ceux-ci ne risquaient pas d'avoir un impact sur leur vie. Rafael avait donc accepté de n'effectuer aucune recherche sur les origines de l'enfant.

Mais le regard visiblement soulagé d'Alexandra ne lui avait pas échappé.

Leur conversation avait ensuite porté sur comment garder discrète la grossesse de Molly une fois qu'elle deviendrait évidente et le lieu où aurait lieu l'accouchement.

La jeune femme aurait aimé passer les derniers mois avec sa mère, mais comprenait qu'ils préfèrent la savoir proche d'eux.

Alexandra avait alors fait une suggestion : « Elle pourrait s'installer dans notre villa sur notre île. Dès que le travail commencera, l'hélicoptère l'emmènera à l'hôpital. »

Le visage de Molly s'était illuminé.

« Vous y resteriez avec moi ? »

Les sens une fois de plus en alerte, Rafael avait demandé pourquoi.

« Pour tisser des liens avec le bébé. »

Et Alexandra avait aussitôt soupiré : « Voyons d'abord comment les choses vont se passer. »

À présent, la grossesse de Molly était confirmée, et le petit être qui grandissait en elle occupait toutes les pensées de Rafael.

Il aurait juré ne pas être un sentimental. Pourtant, sa prochaine paternité l'enthousiasmait. Il voyait ce bébé en devenir – qui possédait ses gènes et ceux d'Alexandra – comme un lien indestructible entre eux.

Un enfant adopté l'aurait réjoui aussi. Procréer n'était pas représentatif de sa virilité. Mais un héritier de sang lui procurait une jubilation certaine. Une dynastie se fondait sur la continuité. Une continuité désormais assurée. Il aurait aimé le clamer déjà haut et fort. C'était l'affirmation de sa totale réussite après s'être vu regarder de haut lorsqu'il avait repris les affaires de son père.

Personne ne l'avait pris au sérieux. Même les employés avaient ricané face à un adolescent qui ordonnait à des hommes adultes de retourner au travail. Sa seule autorité d'alors avait été son statut d'« héritier », et beaucoup avaient essayé de le rejeter comme un titre illégitime.

Alors oui, avoir un enfant issu de son ADN était important, mais ne représentait pas un exploit à ses yeux. La raison de son sentiment de triomphe était la sensation d'aller vers quelque chose de lumineux et de solide. Leur bébé était un lien indestructible avec sa femme.

Mais celle-ci semblait toujours aussi insaisissable et imprévisible ! Alors Rafael avait besoin de l'ancrer par tous les moyens. Le bébé était prévu pour Noël. Il aurait voulu commencer à planifier l'arrivée de ce nouvel élément dans la famille, accumuler des preuves de sa venue prochaine.

Hélas, au lieu de partager son enthousiasme, Alexandra devenait irritable et obstructive. Elle lui rappelait sans cesse : « On ne prépare rien. Tout peut arriver. »

— Molly a des nausées matinales, déclara-t-elle un jour. On devrait augmenter son allocation pour compenser.

— Les termes du contrat couvrent cette éventualité. Si elle

ne se sent pas assez bien pour travailler, elle peut se mettre en congé plus tôt et nous prendrons en charge son salaire.

Elle devait alors s'installer sur leur île et y vivre jusqu'à l'accouchement. Ils lui laisseraient ensuite quelques semaines pour se remettre, puis elle toucherait son paiement final et reprendrait sa carrière.

— Bon sang, Rafael, cesse donc d'être si pointilleux. Tu n'as aucune idée de ce qu'elle traverse.

— En effet. Aussi, ajoute-moi à votre conversation par SMS.

— Elle ne tient pas à partager les détails intimes avec toi.

— Néanmoins, dit Rafael en s'efforçant de dissimuler son impatience, je veux des mises à jour. J'en arrive à me demander si elle n'est pas en train de te manipuler.

— Pas du tout. Je sais ce que c'est d'être manipulée, crois-moi. Elle a simplement mentionné avoir passé une semaine difficile. Selon le Dr Nerula, tout va bien, elle peut continuer à travailler si elle veut. C'est moi qui souhaite lui faciliter l'existence, la lui rendre aussi confortable que possible.

Cette réponse le réconforta tout en le rendant soupçonneux.

— Tu t'inquiètes pour le bébé ou pour Molly ?

Une expression stupéfaite se peignit une seconde sur les traits d'Alexandra.

— Les deux, bien sûr.

Elle s'éloigna alors.

Rafael la rattrapa et lui saisit le poignet.

— Attends, Alexandra. Te sens-tu coupable de ce qu'elle traverse ?

Un éclair angoissé passa dans ses yeux. Elle se libéra et déclara :

— Ce n'est pas comme si on lui demandait d'accomplir une tâche banale. Sa vie entière est mise entre parenthèses.

— D'accord, mais elle en connaissait les conséquences en signant le contrat. Demande-lui de m'appeler lorsqu'elle aura un moment. Je souhaite lui parler.

— Pour quoi faire ?

— Parce que je veux savoir comment elle se sent. Au physique et au moral.

— Bien, soupira Alexandra.

À ce moment, Rafael comprit que leur couple ne retrouverait pas sa dynamique des débuts de leur mariage avant des mois. Il eut aussi l'impression que les nausées matinales de Molly n'étaient pas la seule cause de la tension de son épouse. Il la mit sur le compte de son inquiétude pour le bon développement du bébé.

Molly appela le lendemain. Tout se passait bien. Ses nausées étaient gênantes mais pas sévères. Ils pouvaient être rassurés.

Ils la rejoignirent à Londres une semaine plus tard pour l'échographie du troisième mois. Elle semblait heureuse, et les accueillit dans la clinique avec le sourire.

Les deux femmes s'embrassèrent avec effusion. Cela ne le surprit pas. Elles étaient en contact constant par téléphone, et semblaient chaque jour plus proches l'une de l'autre. Il trouva cependant cela étrange de la part d'Alexandra qui était toujours si distante avec les gens, même avec ses anciennes camarades de classe ou de pensionnat.

— Ne me serre pas si fort, Sasha, protesta Molly en riant. J'ai bu des litres d'eau en prévision de l'examen.

— Mon Dieu, excuse-moi.

Molly partit alors se changer avec l'infirmière venue la chercher.

— Elle t'a appelée « Sasha », non ?

— Tiens, c'est vrai. En fait, une de ses amies d'enfance s'appelait également Alexandra mais préférait le diminutif de Sasha, m'a-t-elle dit. J'ai trouvé ça mignon et accepté qu'elle m'appelle comme ça aussi puisque ça lui venait naturellement.

— Je vois...

Rafael trouva toutefois cela surprenant vu que personne dans sa famille ou son entourage n'utilisait ce diminutif.

L'infirmière revint pour les escorter jusqu'à une pièce assombrie.

Molly était allongée sur un lit, un drap tendu sous son ventre par-dessus ses jambes. Sa chemise d'hôpital relevée exposait son ventre encore plat.

Alexandra se précipita à côté du lit et prit la main de Molly.

— Pas trop stressée ?

— Non, plutôt fébrile.

Il alla se placer derrière son épouse et lui mit les mains sur les épaules. Tous trois rivèrent les yeux sur l'écran.

Dès que la forme du fœtus se dessina en noir et blanc, une vague d'émotion fondit sur Rafael. C'était leur enfant. Il ou elle aurait des traits physiques et de personnalité de chacun d'eux. Son cœur se mit à battre plus fort, et il dut refréner une brusque envie de poser les mains sur le ventre de Molly, de protéger ce petit être.

Le médecin passa alors à une image en trois dimensions. Un fœtus bien formé, à la peau dorée, apparut à l'écran. Son genou relevé empêchait de déterminer son sexe. Soudain, il s'étira et bailla.

Tous rirent. Sauf Alexandra qui poussa un petit cri étouffé, puis se précipita hors de la pièce.

— Sasha ! cria Molly.

— Alexandra ! cria Rafael en même temps avant de partir à sa poursuite.

Pas assez vite, car au bout du couloir elle lui referma la porte des toilettes au nez. Il retint de justesse un juron.

Molly le rejoignit quelques secondes plus tard, et frappa à la porte.

— Dépêche-toi, s'il te plaît, j'ai un besoin urgent.

Le verrou tourna, la porte s'entrouvrit, Molly se glissa à l'intérieur, mais Alexandra ne sortit pas.

Et le verrou se referma.

7

Lorsque, une fois seuls à l'hôtel, Rafael lui demanda ce qui lui était arrivé, Sasha haussa les épaules avec négligence et répondit :

— J'ai simplement eu un étourdissement.

— Simplement ?

— Oui, j'étais émue. Je te sentais stressé, aussi. Tu t'inquiètes toujours de savoir si je veux réellement ce bébé. Ça me perturbe. Bref, ma tête s'est mise à tourner.

Par chance, une notification arriva sur son téléphone. Cela lui permit de s'éloigner. La clinique lui envoyait le compte rendu de l'examen indiquant que la grossesse se passait sans complications, et les photos de l'échographie en pièces jointes. Elle n'eut pas le courage de les regarder, car cela lui rappelait sa détresse de douze ans auparavant.

C'est à cela qu'elle avait pensé en voyant l'image du fœtus que Molly portait. Elle voulait ce bébé *et* son premier bébé.

Mais elle se sentait séparée des deux. C'était sa faute, bien sûr. Elle se tenait délibérément à l'écart de Libby. Il y avait deux raisons à cela. L'une était de ne pas perturber sa fille. L'autre était son éternelle culpabilité de l'avoir donnée en adoption. Or elle n'était pas prête à expliquer cela à Rafael.

— Tu devrais peut-être en discuter avec la psychologue, suggéra ce dernier.

— Elle me dira que c'est normal. De toute manière, c'est passé maintenant.

Mais ses angoisses restaient présentes. Afin de rassurer Rafael, elle reprit :

— Molly m'a dit qu'elle allait poser son congé maternité sous peu car, d'ici trois à quatre semaines, sa grossesse va devenir évidente.

— C'est de cela que vous avez discuté pendant près d'une demi-heure dans les toilettes ?

— Bon sang, Rafael, il te faut un rapport complet ? Je lui ai fait part de ma profonde reconnaissance, mais lui ai aussi dit que je lui en voulais d'être tombée enceinte aussi facilement quand c'est moi qui aurais dû porter ce bébé !

Rafael eut un mouvement de recul, comme si elle l'avait frappé.

En revanche, ces mêmes propos n'avaient pas choqué Molly. La psychologue les avait prévenues des sentiments ambivalents qui pouvaient accompagner une gestation par autrui. Sasha s'était excusée. À présent, elle devait se justifier auprès de son mari.

— Lorsque nous nous sommes mariés, tu m'as avertie qu'à un moment donné tu voudrais un héritier. J'ai essayé de t'en donner un. Alors, comprends que cette situation est difficile pour moi.

— Je le sais. Si j'avais su…

— Non, l'interrompit-elle, ne me dis pas que tu n'aurais pas accepté cette solution, car je veux ce bébé. Mais je ne sais pas ce que tu veux de moi.

Rafael poussa un soupir frustré.

— Je veux retrouver ma femme. Je ne connais pas celle que tu es devenue. Tu es tellement différente. J'ai l'impression d'avoir affaire à une étrangère.

Elle dissimula un petit ricanement en allant se poster face à la fenêtre. Cette étrangère, pour reprendre son expression, était pourtant plus proche de sa véritable personnalité que la femme avec qui il vivait depuis trois ans. Mais elle ne pouvait pas le lui dire puisqu'il semblait si frustré d'avoir perdu l'Alexandra sociable et superficielle. Sasha était brisée, en plein désarroi et lasse d'assumer de son mieux les choix déjà faits tout en ne sachant comment faire celui qui la libérerait. Une libération dont le prix à payer serait de perdre ce qui comptait le plus dans sa vie. Dont lui.

— Je ne te connais pas non plus, Rafael.

— Qu'est-ce que tu racontes ? Je suis toujours l'homme que tu as épousé. Simplement plus riche.

— Exactement ! Je n'en sais pas plus sur toi qu'il y a trois ans.

Elle se tourna à nouveau vers lui.

— Je connais le nom de tes parents. Je sais que tu as été arrêté pour t'être introduit dans un port de plaisance, mais pas ce qui s'est passé après. Qui a payé ta caution ? D'où vient cette cicatrice sous ton menton, si fine et droite qu'elle semble faite par un couteau ?

Une expression lasse se peignit sur le visage de Rafael comme chaque fois qu'elle lui posait des questions sur son passé. C'était sa manière de répondre : « Il n'y a rien qui vaille la peine d'en parler. » Sasha poursuivit donc :

— Et pourquoi ne penses-tu qu'à gagner toujours plus d'argent ? Tu n'en as jamais assez, et ça te rend irritable.

— Ce n'est pas le travail qui me rend irritable, c'est toi. Tu manques t'évanouir à la clinique, refuses de me parler, puis passes une demi-heure à expliquer à Molly que tu as des sentiments ambivalents envers sa grossesse. Pourquoi n'en discutes-tu pas avec moi ?

— Parce que tu ne veux pas en entendre parler ! Pourquoi d'ailleurs t'en parlerais-je quand tu n'as répondu à aucune des questions que je viens de te poser ?

— Ma mère a payé la caution, marmonna-t-il. Ça me semblait évident. Quant à l'argent, tu en es aussi avide que moi.

Rafael lui tourna le dos, attrapa une bouteille et se versa un whisky.

— Non. Je veux seulement celui qui m'appartient. C'est différent d'amasser tout l'argent possible à longueur de temps et de l'utiliser pour s'emparer du monde. Pourquoi fais-tu cela ?

Il s'immobilisa. Sasha vit cependant un tressaillement lui agiter la joue. Puis il finit de se servir et replaça la bouteille.

— Je ne suis pas aussi mystérieux que tu veux le croire. Je t'ai parlé des criminels qui ont cherché à reprendre le négoce de mon père. Cette expérience m'a fait détester être à la merci de quiconque. L'argent est synonyme de puissance. C'est pourquoi j'en veux en abondance.

Il lui fit face et but une gorgée de whisky avant de poursuivre :

— Maintenant, pour en revenir à tes soucis, j'aimerais que tu m'en parles. Comment puis-je t'aider à les dissiper si j'ignore ce qui te tracasse ? Dis-moi ce qui ne va pas.

— Notre couple ne va pas ! Comment fais-tu pour ne pas le voir ?

— Nous traversons une période difficile, répliqua-t-il calmement. Beaucoup de choses sont en train de changer. Nous nous adapterons. Tout ira bien.

La déception fondit sur Sasha. En refusant de s'ouvrir à elle, Rafael l'empêchait de s'ouvrir à lui.

— Je serai toujours là pour toi, Alexandra. Tu peux me faire confiance. Tu le sais, j'espère.

C'était bien là le problème. Elle ne pouvait pas. Chaque fois que l'envie lui prenait de lui révéler ses secrets, de lui ouvrir son cœur, elle se souvenait de ses compliments sur son autosuffisance le jour de leur mariage. Elle était le yin isolé du yang autonome de Rafael.

Résultat, elle se sentait seule sur un sol prêt à s'écrouler d'un moment à l'autre et ne lui faisait pas confiance pour la rattraper.

Il avala le reste de son whisky en deux gorgées.

— Je vais travailler un peu avant de sortir ce soir.

Rien ne la tentait moins que d'assister à une première puis de côtoyer des stars célèbres, des politiciens et des aristocrates hautains.

— Je vais faire une sieste, affirma-t-elle, doutant pourtant d'arriver à fermer l'œil.

Pour la première fois, il quitta le salon sans l'embrasser ni même se retourner.

Pendant les trois semaines suivantes, ils jouèrent la comédie du mariage, mais quelque chose clochait.

C'était autant la faute de Rafael que celle d'Alexandra. Elle lui avait demandé des informations de base sur lui-même, il n'avait pas voulu les lui fournir.

Une abondance d'argent l'assurait d'avoir toujours un toit au-dessus de la tête et lui prouvait surtout qu'il était digne de sa femme.

Ce qui n'était pas évident au vu de son passé, car il était similaire en de nombreux points aux criminels qui avaient racketté son père. Pour les vaincre, il avait dû les affronter sur leur terrain. Il avait payé des pots-de-vin et même utilisé le chantage. Il avait monté des arnaques et doublé des crapules. Il avait senti la lame d'un couteau lui entailler la gorge et l'avait retournée contre son adversaire qui avait fui en laissant une trace sanglante derrière lui.

Difficile ensuite de dire si l'homme était mort par la faute du médecin clandestin qui avait tenté de soigner sa blessure ou par la sienne. Même s'il s'agissait de légitime défense, Rafael avait du sang sur les mains.

Après ce coup d'éclat, ses adversaires l'avaient jugé impossible à tuer ou à intimider. Il avait depuis réussi à rester du bon côté de la loi, ce qui n'avait fait qu'encourager les joueurs légitimes – hommes prétendant ne pas devoir leur fortune à de lointains actes de piraterie et autres agissements peu recommandables – à le défier sans cesse.

L'histoire qu'il privilégiait était celle de son ascension de la classe moyenne au statut de multimillionnaire. Personne, et surtout pas sa femme, n'avait besoin de savoir qu'il venait de la lie de la société. Un fait trop humiliant à revisiter. Il voulait qu'elle le voie tel qu'il était désormais : riche et prospère. Puissant. Inattaquable.

Aussi, Rafael préférait faire porter le blâme de la distance croissante entre eux à leur mère porteuse plutôt qu'au mur de silence dont il se protégeait obstinément. Sur le plan positif, Alexandra et lui faisaient encore l'amour fréquemment et avec passion. Raison pour laquelle il n'était pas pressé de voir Molly prendre son congé maternité car, ce moment venu, elle emménagerait dans leur villa sur l'île où sa femme avait prévu d'habiter avec elle. Cette seule idée le dérangeait, et attisait sa possessivité envers son épouse.

Un après-midi, alors qu'ils étaient à Rome pour assister à un gala de charité, Rafael vit Alexandra froncer les sourcils en regardant son téléphone.

— Que se passe-t-il ?

— Je ne sais pas. Molly m'écrit : « Tout va bien, mais un obstacle m'empêche de déposer ma demande de congé. Appelle-moi au plus tôt, je t'expliquerai. »

Elle jeta alors un coup d'œil à la styliste, à la maquilleuse et à la coiffeuse en train d'installer un choix de robes ainsi que leur matériel dans la chambre libre de leur suite d'hôtel avant d'ajouter :

— Je l'appellerai demain. Je veux rester concentrée sur la soirée.

Rafael apprécia. Le gala était très important à ses yeux. Il s'agissait d'une vente aux enchères d'œuvres d'art au profit d'un orphelinat, une cause qu'il était heureux de soutenir. De plus, les invités étaient tous des magnats de l'industrie européenne.

Or Alexandra et lui devaient prendre place à la table principale, ce qui indiquait qu'il avait désormais intégré le saint des saints.

Il se demanda si Gio Casella serait présent à la même table. Les gens devaient avoir eu vent de leur marché quasi conclu, et désormais le considérer, lui, Rafael, comme un lien direct avec Casella Corporation ainsi qu'il l'avait espéré. On ne lui aurait jamais offert cette place de choix sans cela. Un traitement de faveur un peu prématuré, mais Gio et lui avaient rendez-vous à Athènes la semaine suivante, donc la signature n'était plus qu'une question de jours à présent.

Alexandra n'avait pas eu tout à fait tort. Son travail l'avait rendu irritable ces derniers temps. Ce partenariat aux bénéfices incontestables lui occupait totalement l'esprit. Même s'il n'était pas dans ses habitudes de ralentir le rythme, Rafael décida de se consacrer davantage à son couple et au bébé à venir.

Il quitta alors la suite et, une fois ses rendez-vous professionnels terminés, acheta une offrande de paix à Alexandra. La styliste lui ayant envoyé une photo de la robe bustier choisie pour la soirée, il savait que le collier de cinq rangs de diamants compléterait sa toilette à la perfection.

Cela fait, il rentra, enfila son smoking puis appela son épouse. Son apparition lui coupa le souffle.

— Tu es sublime. Tout accessoire est superflu, mais...

Il lui tendit alors l'écrin.

— ... cette soirée étant importante pour nous, je souhaitais t'offrir quelque chose de spécial pour l'occasion.

Voyant un éclair déçu voiler le regard bleu d'Alexandra, Rafael demanda :

— Tu ne l'aimes pas ?

— C'est un ravissant ajout à ma collection. Merci.

Sa réflexion lui rappela le pécule sous forme de bijoux mis à l'abri de Humbolt dans un coffre-fort dont elle lui avait parlé lors de leur rencontre trois ans auparavant. Que son cadeau soit ramené à un investissement le mit mal à l'aise. Mais déjà elle se retournait pour le laisser lui refermer le collier autour du cou. Il le fit avant de lui déposer un baiser sur l'épaule.

Elle frissonna puis tira du bout d'un doigt sur le collier, comme s'il l'empêchait de respirer.

À cet instant, un message arriva. Leur chauffeur les attendait.

Alexandra soupira et afficha l'air hautain que les paparazzi aimaient capturer, mais Rafael la sentait tendue. Impression qui se confirma dans la voiture, puis pendant le dîner. Au lieu de charmer les convives de leur table avec des anecdotes et réflexions impertinentes, elle resta étonnamment silencieuse.

— Que t'arrive-t-il ? finit-il par demander une fois sur la piste de danse. Je te trouve éteinte ce soir.

— Je n'arrête pas de penser à Molly. Ça m'ennuie qu'elle ne puisse pas poser son congé. Elle a pris du poids, et ne pourra pas dissimuler son état plus longtemps.

— Laisse-la gérer sa grossesse, elle en est tout à fait capable, répondit Rafael sèchement. D'ailleurs, serait-il possible de changer de sujet de conversation pour une fois ?

Alexandra recula vivement la tête.

— Tu ne te soucies pas du tout d'elle, c'est ça ?

— Je m'en soucie en raison de son rôle dans notre vie. En revanche, toi, tu te préoccupes beaucoup trop d'elle. Je ne comprends pas pourquoi.

Alexandra planta les pieds fermement au sol tandis que ses joues se teintaient de colère. Les autres danseurs les regardèrent. N'appréciant pas ce genre d'attention, Rafael demanda :

— Que se passe-t-il ?

Elle chercha son regard.

— Es-tu heureux, Rafael ?

— Bien sûr. Nous atteignons les buts que nous nous sommes fixés. Nous avons été remarquablement bien accueillis ce soir. Une fois le marché signé avec Gio, ma position sera assurée. Je vais avoir un héritier, et Humbolt devra te rendre ta fortune. C'est une excellente période pour nous.

— Oui, mais qu'en est-il de *nous* ? Les enfants ajoutent de la pression dans un mariage. Or nous avons des problèmes.

— Aucun que nous ne puissions résoudre.

— Comment ? demanda-t-elle avec une expression misérable. Parfois, je pense que, si tu m'aimais, je pourrais te faire suffisamment confiance pour...

Son regard balaya la salle. Rafael se tendit aussitôt comme à l'approche d'un coup.

La conversation entrait dans une zone où Alexandra avait une place dans une certaine mesure, mais où il ne voulait pas la voir s'établir plus profondément sous peine que lui se sente trop exposé. Trop vulnérable.

— L'amour est un handicap, répondit-il – et un pouvoir qui donnait prise sur vous à l'être aimé – avant de lui rappeler : Nous sommes convenus d'un partenariat profitable à chacun de nous.

La déception voila le regard d'Alexandra.

— Oui... mais tu disais me trouver changée, et tu avais raison. Je suis tombée amoureuse...

Un goût de bile monta dans la gorge de Rafael.

— ... de toi.

Un tel soulagement l'envahit qu'il éclata de rire.

— J'ai cru que tu allais dire « de Molly » !

— Non, de toi. Va-t'en savoir pourquoi, répliqua-t-elle, les larmes aux yeux. Je t'aime, Rafael. Et tu ne m'aimes pas, toi. N'est-ce pas ?

En un éclair, deux visions se présentèrent à Rafael. L'une scintillante qui l'emplit d'un type de joie inhabituel. L'autre affreusement sombre.

Mais disait-elle la vérité ? Par moments, il croyait tous ses propos, car ils avaient fait le serment d'être honnêtes l'un envers l'autre. Pourtant, il avait commencé à suspecter devoir en apprendre bien plus sur son passé. Or elle ne livrait jamais rien.

— L'amour ne faisait pas partie de notre contrat, répondit-il plus sèchement qu'il ne l'avait souhaité, mais conscient de diriger le débat vers une zone moins dangereuse.

Elle soutint son regard, une lueur triste dans ses yeux bleus, comme s'il venait de la trahir.

— Donc, tu ne m'aimes pas.

Sans lui laisser le temps de s'expliquer ou de faire machine arrière, Alexandra rejoignit leur table, ramassa son châle et sa pochette, puis prétexta un mal de tête avant de prendre congé des convives.

Une fois la voiture engagée dans la circulation, le lourd silence entre eux poussa Rafael à entamer la conversation.

— Comprends ma surprise, Alexandra. En me demandant de t'épouser, tu m'as précisé que les sentiments n'entreraient jamais en ligne de compte, que notre union était et resterait d'ordre pratique.

— Soit, mais resterons-nous mariés ?

— N'envisage rien que tu ne sois pas prête à accepter.

— Ce serait difficile quand tous les éléments sont en place pour une séparation nette.

— Nous ne divorcerons pas, dit-il, les dents serrées. Nous attendons un bébé.

— Comme si je ne le savais pas !

Alexandra hurla si fort que le chauffeur freina brutalement peu avant la sortie d'un carrefour. C'est alors qu'une voiture, engagée avant que le feu ne passe au vert, percuta la leur de plein fouet.

Rafael vit l'expression horrifiée de sa femme, entendit un bruit de tôle froissée, puis sentit leur véhicule tourner sur lui-même, et fut précipité sur Alexandra.

8

Rafael commençait à comprendre la haine d'Alexandra envers ses parents. Il avait toujours trouvé pitoyables la superficialité de sa mère et sa soumission craintive envers son mari. Humbolt était un tyran suffisant qui avait parfois besoin de la menace d'un procès pour capituler. Il était lâche, au fond, et ne méritait pas d'être craint.

Puis il les surprit en train d'essayer de faire transférer sa femme à New York, et son sang ne fit qu'un tour.

Ils avaient dû entendre parler de l'accident et sauter dans le premier avion pour Rome. Mais c'était pour eux-mêmes qu'ils s'inquiétaient. Pas pour Alexandra.

— Un tel déplacement serait dangereux, dit la voix à l'accent italien du médecin. Nous n'avons pas détecté de saignement cérébral. Cependant, votre fille a eu une commotion, et nous la traitons en conséquence.

— Pourquoi ne se réveille-t-elle pas, dans ce cas ? demanda Winnie Humbolt.

— Nous la gardons sous sédatifs par précaution, déclara le médecin d'un ton apaisant.

Anson répondit avec l'arrogance des gens habitués à obtenir ce qu'ils voulaient.

— Dites à votre chef de service de prendre les dispositions nécessaires pour son transfert.

— Docteur ! tonna Rafael.

Le praticien en blouse blanche poussa la porte entrouverte de la chambre, révélant les visages fatigués de Winnie et d'Anson Humbolt.

— Si vous les laissez emmener ma femme où que ce soit, vous êtes la deuxième personne que je tuerai avant de la récupérer.

C'était une menace risible étant donné qu'il subissait encore les effets de l'anesthésique injecté pour opérer sa jambe cassée, la nuit précédente. Il ne pouvait encore voir que d'un œil et, l'un de ses bras étant immobilisé par vingt points de suture, il ne lui en restait qu'un de valide pour asséner des coups. Il pensait cependant chacun de ses mots.

— Reposez-vous, *signore*. Votre femme est dans un état stable, et ses fonctions vitales sont bonnes. Elle ne partira nulle part avant son réveil et une nouvelle évaluation de son état.

À part le choc violent de sa tête contre la fenêtre et les ecchymoses causées par sa ceinture de sécurité, Alexandra n'avait aucune blessure grave. Rafael aurait pourtant souhaité la voir sevrée des sédatifs afin de le constater par lui-même. Sa propre douleur physique n'était rien comparée à son besoin de la savoir hors de tout danger.

Il dut attendre le lendemain matin pour apprendre qu'on avait réduit sa dose de médicaments et qu'elle allait progressivement reprendre connaissance.

Il sommeillait après un déjeuner léger, s'efforçant d'oublier ses douleurs toujours aiguës car il gardait sa propre dose d'analgésiques légère afin de conserver l'esprit vif pour surveiller ce qui se passait de l'autre côté du couloir.

Soudain, il entendit Winnie crier :

— Infirmière ! Venez, ma fille est réveillée !

Rafael appuya aussitôt sur le bouton d'appel jusqu'à ce qu'un aide-soignant se présente.

— Je veux voir ma femme.

Tandis que l'homme l'installait sur une chaise roulante, il retint un gémissement de douleur. Voir Alexandra, seul cela comptait.

Il entra dans sa chambre juste à temps pour l'entendre dire :

— Non. Je ne connais pas ces gens.

— Et moi, tu me connais ? demanda-t-il.

Les silhouettes rassemblées autour du lit s'écartèrent, lui permettant de voir le délicat visage de sa femme dont la bouche s'ouvrit sur un « Oh » muet à la vue de son visage tuméfié.

Était-ce de la peur qui brillait dans ses yeux ? Comme elle cillait, il tendit sa main libre pour prendre la sienne.

— Tu sais qui je suis, n'est-ce pas ?

Bien sûr, elle le savait. Ils étaient les deux faces d'une même pièce.

Sa réflexion de l'avant-veille lui revint en mémoire : « Tous les éléments sont en place pour une séparation nette. »

Non, ce n'était pas possible. D'ailleurs, elle l'aimait. Elle le lui avait dit.

Mais elle secoua la tête, et le cœur de Rafael se serra.

— Je suis Rafael, ton mari.

Elle fixa sur lui un regard vide.

En proie au choc, il entendit les Humbolt faire pression sur leur fille pour la convaincre de rentrer avec eux à New York.

Qu'elle le reconnaisse ou pas, Rafael sut qu'il ne se pardonnerait jamais de les laisser reprendre leur emprise sur elle.

— Non, dit-il alors. Alexandra est ma femme. Elle rentrera chez nous avec moi.

Sasha apprécia l'intervention de Rafael. Feindre de ne les reconnaître ni lui ni ses parents était une attitude infantile, immorale et cruelle, surtout pour son mari. Mais elle était en colère contre lui aussi pour avoir accueilli sa déclaration d'amour avec une humiliante indifférence. Pourquoi diable fallait-il qu'elle l'aime autant ?

« Pourquoi » n'avait pas d'importance. Il n'était pas question de le laisser utiliser son aveu contre elle. Si elle ne se souvenait pas d'avoir dit l'aimer, c'était comme si cela n'était pas arrivé.

En fait, abandonner sa mémoire, son passé, était extrêmement libérateur. Cela lui permettait de se défaire du fardeau d'être Alexandra, et de dire ce qu'elle pensait vraiment.

Sasha en eut l'occasion le jour où sa mère, ayant remarqué ses ongles cassés, lui suggéra de se faire faire une manucure.

— Je n'aime pas les faux ongles.

Pas plus que tes critiques, s'abstint-elle d'ajouter. Puis lorsque Winnie déclara en voyant ses cheveux rassemblés en un demi-chignon haut :

— Ce n'est pas un style flatteur.

— C'est confortable.

Sur cette réponse, Sasha pria l'infirmière de faire sortir ses visiteurs.

Faute de pouvoir continuer à utiliser son sentiment de culpabilité concernant son passé comme moyen de pression, Humbolt n'avait plus de prise sur elle.

— Tu blesses ta mère en refusant de rentrer avec nous à la maison, lui déclara-t-il un jour où cette dernière était partie chercher un café.

— Ah bon ? Winnie m'a dit vouloir que je m'installe avec vous car elle craint que Rafael vous expulse si je ne me souviens pas de vous. Et que vous n'ayez nulle part où aller. Est-ce vrai, Anson ? N'as-tu pas ton propre argent ?

L'entendre utiliser son prénom surprit visiblement son beau-père, sans toutefois le déstabiliser.

— Ce n'est pas la raison. Winnie veut s'occuper de toi car elle tient à toi.

— Donc, tu as bien un endroit où aller. Heureusement, parce que je crois comprendre que toutes les propriétés sont en réalité à moi.

— Écoute, petite. N'essaye pas de jouer la dure avec moi.

Comme il s'approchait du lit, Sasha posa un doigt sur le bouton d'appel, mais soutint sans ciller son regard noir. De toute manière, il s'était toujours contenté de paroles cinglantes envers elle, ou de l'attraper par le bras avec une poigne un peu forte. Même s'il aimait la rabaisser, il n'avait jamais été ouvertement violent.

Face à son impassibilité, il se fit menaçant :

— Je pourrais révéler certaines choses que tu n'aimerais pas voir rendues publiques. Des choses qui feraient fuir ton mari et anéantiraient ta vie.

— Mais il me resterait ma fortune. Et, comme j'ai tout oublié de ma vie, tu ne peux pas l'anéantir. Quant à mon mari, s'il prend mal tes révélations, j'aurai besoin de ma maison. Aussi, tu peux commencer à prendre d'autres dispositions.

Furieux de ne pas avoir réussi à l'intimider, Humbolt chercha à la manipuler par l'intermédiaire de Winnie. Sans plus de résultat.

Au bout de quelques jours, leur harcèlement permanent poussa Rafael à demander leur sortie anticipée de l'hôpital. De l'accident Sasha ne gardait que des maux de tête allant selon les moments de légers à invalidants. Aux dires des médecins, ils pouvaient durer des semaines, voire des mois, mais aussi s'arrêter progressivement avec beaucoup de repos.

Son mari en revanche avait besoin d'une autre opération à plus ou moins long terme. Il s'entêtait cependant à marcher avec des béquilles sur les courtes distances au lieu d'utiliser son fauteuil roulant, même si forcer sur ses bras risquait de faire sauter quelques points. Son obstination amusait Sasha. La personne qui parviendrait un jour à imposer sa volonté à Rafael n'était probablement pas encore née !

Qu'ai-je donc fait ? se demanda-t-elle alors qu'ils rejoignaient l'aéroport. L'ampleur de son mensonge commença à la chagriner au point de la faire hésiter à lui avouer la supercherie. La présence d'une infirmière et de Tino, l'assistant de Rafael, à bord de leur jet la fit toutefois renoncer à cette idée.

À l'abri derrière ses lunettes noires indispensables pour lui éviter des maux de tête, Sasha vit son mari retenir son souffle à chaque mouvement qu'il fit en s'asseyant à côté d'elle. Son cœur se serra alors. Elle avait failli le perdre !

Peu lui importait d'être aussi passée très près de la mort, son bébé était en sécurité avec Molly – et le serait toujours si un malheur leur arrivait. Une chance d'ailleurs que son amie n'ait pas été dans la voiture avec eux !

Mais imaginer avoir pu perdre Rafael la terrifia, lui faisant alors réaliser à quel point elle l'aimait, même si sa fureur contre lui persistait.

« L'amour est un handicap. »

C'en était certainement un ! Raison pour laquelle elle feignait ne pas lui avoir offert le sien. Dire qu'elle avait été sur le point de tout lui avouer ce soir-là ! Sa liaison avec un homme marié, l'existence de Libby, sa réelle relation avec Molly – qu'elle aimait, mais pas comme Rafael l'avait craint.

Son sourire en réponse avait fait voler en éclats sa confiance en lui et son envie de partager ses secrets. Même s'il tenait à elle, son attachement n'était que modéré. C'était celui d'un homme pour une épouse qui l'avait aidé à accomplir ce qu'il désirait. Elle s'en voulait de l'avoir quasiment supplié de ressentir plus. Elle avait dû lui paraître vraiment pathétique.

Comme l'avion décollait, Sasha jeta un coup d'œil à l'arrière de la cabine. L'infirmière et Tino y étaient bien installés, hors de portée d'écoute. Elle ramena alors son regard sur Rafael et vit le côté de son visage encore tuméfié.

L'envie la saisit de lui embrasser la joue pour apaiser sa souffrance, mais il tourna alors la tête et demanda :

— Tu ne te souviens vraiment de rien ?

Elle bénit ses lunettes de soleil qui empêchèrent Rafael de la voir ciller sous son regard. La meilleure stratégie lui parut alors de se concentrer sur sa partie de mémoire réellement perdue. En effet, à l'enquêteur venu lui demander ses souvenirs de l'accident, sa réponse avait été franche : aucun, même pas d'avoir été dans la voiture. Elle le répéta donc avant de préciser :

— Selon ce que le chauffeur a dit à la police, nous nous disputions, ce qui l'a distrait. Est-ce vrai ou bien cherchait-il à dégager sa responsabilité ?

— C'est vrai. Il venait de s'engager dans un carrefour. Il a sursauté, freiné sous le coup de la surprise et tourné la tête vers nous. Un autre véhicule, qui cherchait à brûler le feu rouge, nous a heurtés.

Et c'était Rafael qui s'en était le plus mal tiré. Une boule douloureuse obstrua la gorge de Sasha, qui parvint cependant à demander :

— Pourquoi nous disputions-nous ?

Il respira profondément puis, comme avec réticence, répondit, la fixant toujours avec une intensité à peine supportable :

— Tu m'as dit que tu m'aimais. Tu ne t'en souviens pas ?

— Je ne comprends pas où était le sujet de discorde. Si nous nous sommes mariés, c'est que nous nous aimons, n'est-ce pas ?

Jouer l'étonnée était sa seule défense. Sans cela, ils seraient revenus à leur conversation de ce soir-là, à cette désagréable guerre froide avec un avantage pour Rafael : il aurait la certitude d'avoir conquis son cœur. Ce mensonge lui permettait de sauver son amour-propre.

— J'ai envie de te dire oui, déclara-t-il d'un ton rauque qui envoya une vague brûlante dans les veines de Sasha. Cependant, nous nous sommes promis en nous mariant de toujours être honnêtes l'un envers l'autre, et je tiens à respecter ma parole.

Ainsi, rien n'avait changé. Le fait qu'ils aient tous deux frôlé la mort ne lui avait pas fait réviser ses sentiments pour elle. Découverte douloureuse, mais qui n'aurait pas dû l'étonner.

Elle savait tout du long qu'il ne l'aimait pas. Cela ne l'avait pas dérangée, jusqu'à ce qu'ils cherchent à fonder une famille car, si elle ne pouvait pas lui confier son cœur, comment lui faire confiance et lui parler de l'innocente petite fille qui s'y trouvait déjà ? Voilà à quoi cela se résumait.

— Donc, tu ne m'aimes pas. Et c'est pour ça que nous nous disputions. Dans ce cas, pourquoi nous sommes-nous mariés ?

— Je suis très attaché à toi...

— Attaché ? s'exclama-t-elle d'une voix étranglée. On est attaché à la grand-tante qui nous offre toujours des pastilles de menthe. Pourquoi alors m'as-tu emmenée avec toi aujourd'hui ? Pourquoi ne m'as-tu pas renvoyée aux États-Unis avec mes parents si tu te fiches de ce qui m'arrive ?

— Je ne m'en fiche pas, marmonna-t-il entre ses dents. Si je t'avais laissée repartir avec eux, tu ne me l'aurais jamais pardonné. Et tu es *ma femme*, Alexandra. Même si tu ne t'en souviens pas. Or je protège ce qui m'appartient.

Sasha étouffa un petit rire nerveux en réalisant n'avoir toujours été qu'un bien de plus parmi ceux qu'il collectionnait. Elle aurait voulu donner libre cours aux larmes qui montaient, mais elle ferma les yeux en prétendant :

— Je suis fatiguée.

Cela devait être vrai, car lorsqu'elle rouvrit les paupières ils avaient atterri à Athènes. Rafael affichait un air maussade et ne dit pas un mot dans la limousine qui les conduisit à une villa inconnue en périphérie de la ville. Une maison bien plus modeste que les endroits où ils avaient l'habitude de descendre mais dotée d'une piscine et d'un petit pavillon où s'installa l'infirmière.

— Notre maison dans l'Attique a trop d'escaliers, expliqua Rafael en claudiquant derrière elle sur ses béquilles jusqu'au salon. De plus, mon assistant m'a dit que les journalistes l'assiégeaient. J'avais acheté cette villa pour ma mère – qui n'a pas vécu assez longtemps pour y emménager. Une agence la gère comme location de vacances. Par chance, elle était libre. Tu n'es jamais venue ici, donc tu ne la connais pas.

Sasha observa l'espace ouvert de la pièce principale. Un plan de travail en L séparait la cuisine de la salle à manger, et des portes coulissantes donnaient accès au patio.

— Quand est-elle décédée ?

C'était une chose naturelle à demander étant donné les circonstances, même si elle connaissait déjà la réponse.

— Peu de temps avant que nous nous rencontrions, toi et moi.

Rafael lui avait dit cela au début de leur mariage, mais il n'avait presque plus parlé de ses parents depuis. De son côté, Sasha n'avait pas posé beaucoup de questions parce qu'elle ne voulait pas qu'il fouille dans son propre passé.

Ce risque n'avait cependant plus à être pris en compte à présent.

— Étais-tu proche d'elle ?

Après une légère hésitation, il répondit :

— J'ai été adopté. As-tu lu quelque chose sur moi en ligne ?

— Non. Mon téléphone est cassé. De toute manière, le médecin m'a conseillé d'éviter les écrans car ils risquent d'aggraver mes maux de tête. Donc, en fait, tu dis ne pas avoir été très proche de ta mère parce que tu as été adopté ?

Rafael ouvrit le placard bas d'un bar et en sortit une bouteille non entamée de whisky et un verre en soupirant.

— J'étais plus proche de mes parents que toi des tiens, répondit-il d'un ton sec. Mais ils m'ont adopté quand j'avais presque neuf ans.

Il leva alors les yeux en se versant une généreuse dose du liquide ambré.

— J'étais à peu près aussi civilisé qu'un chat sauvage.

Sasha aurait voulu lui demander d'éviter l'alcool dans son état, mais elle préféra l'inciter à poursuivre ses confidences. Il ne s'était jamais décrit de cette manière.

— Que veux-tu dire ?

— J'étais nerveux. Je ne voulais pas qu'on me touche. Ma mère biologique m'a amené de Roumanie quand j'avais quatre ans. Elle essayait de retrouver mon père, qui était grec, mais j'en suis venu à croire qu'il lui avait menti sur qui il était.

— Grec ?

— Riche, clarifia-t-il d'un ton mordant.

Rafael plaça ses béquilles sous son bras valide, s'appuya sur le meuble, puis utilisa son bras blessé pour porter le verre à ses lèvres. Il but alors une longue gorgée, comme s'il avait attendu depuis une éternité d'ingérer de l'alcool. Enfin, il poursuivit :

— Elle ne voulait pas profiter de la situation, seulement le forcer à subvenir aux besoins de l'enfant qu'il avait engendré. Je me souviens de l'avoir entendue dire : « Il peut te donner une vie meilleure que moi. On doit juste le retrouver. » Nous n'avions rien en arrivant et n'avons jamais réussi à avoir plus que des bricoles et assez de nourriture pour survivre. J'ignore quel genre de travail elle faisait. Quelque chose de subalterne. Elle me laissait avec une femme que je ne comprenais pas, et des enfants morveux qui me malmenaient pour s'approprier mes maigres possessions.

Sasha ne put retenir une exclamation choquée.

— J'ai appris à riposter, lui assura-t-il avec un haussement d'épaules désinvolte suivi d'une nouvelle gorgée de whisky. Un matin, elle ne s'est pas réveillée. Ne sachant que faire, je suis allé voir ma gardienne, qui m'a renvoyé chez moi. Je réalise à présent qu'elle a dû craindre d'être inquiétée pour avoir accueilli trop d'enfants et aidé des immigrés clandestins. Elle a tout de même dû passer un coup de fil car, à mon retour chez moi, la police était là. On m'a emmené dans un foyer dont je me suis enfui. Je voulais retrouver ma mère.

Elle porta une main à son cœur, serré pour ce petit garçon perdu.

— Je pense être resté dans la rue quelques semaines. Une fille un peu plus âgée m'a pris sous son aile, appris à voler à l'étalage et à trouver un endroit pour dormir. Je l'aimais beaucoup. Puis je me suis fait prendre dans une boutique. Cette fois, on m'a envoyé dans un foyer plus sécurisé, avec des barreaux aux fenêtres. Plus moyen de m'enfuir. Ne pas avoir pu dire au revoir à ma mère m'a toujours tourmenté.

Il secoua la tête comme pour chasser ce souvenir, et but une nouvelle gorgée.

— Quel âge avais-tu ?

— À ce moment-là, six ans. J'ai entendu des gens parler de me renvoyer en Roumanie. Je leur disais sans cesse que mon père était grec, qu'ils devaient le retrouver. Cela ne s'est pas fait. Je me demande même s'ils ont essayé. On m'a placé dans une école pour garçons difficiles. Entre les professeurs stricts, mes camarades de classe et les gros durs du foyer, j'ai reçu de nombreuses leçons sur la manière d'ignorer la douleur.

Rafael accompagna ces derniers mots d'un signe de tête en direction de sa jambe cassée.

Sasha trouva son récit douloureux à entendre, mais le laissa continuer.

— À l'époque où j'ai été adopté, j'étais un enfant rude mais reconnaissant d'avoir enfin un lit douillet et des repas réguliers. J'étais aussi terriblement compétitif et j'avais compris qu'il y avait différentes façons de battre quelqu'un. Dont l'éducation, avec les meilleures notes de ma classe. Mes parents ont dû voir en moi un garçon assez intelligent pour reprendre un jour leur entreprise, et suffisamment endurci pour ne pas s'effondrer sous la pression que les malfrats locaux mettaient sur eux.

— C'était une grosse responsabilité pour les épaules d'un enfant, répondit Sasha, se retenant de lui demander pourquoi il ne lui avait jamais rien dit de tout cela.

— Si leur fils biologique n'était pas mort noyé, ils l'auraient fait porter sur les siennes. Ils me soutenaient que je n'étais pas son remplaçant. Mais qu'étais-je d'autre ?

Il se servit une nouvelle rasade de whisky.

— Ils avaient une bonne quarantaine quand ma mère a voulu m'adopter. Elle souhaitait trouver quelqu'un pour s'occuper d'eux et de l'entreprise après leur retraite. Mon père et moi nous entendions assez bien, mais étions très différents. J'étais ambitieux et motivé. Il était… fatigué. Rongé par le chagrin et usé par la vie. On discutait peu, sauf pour parler affaires. Il ne prenait pas soin de sa santé. Sa crise cardiaque n'a donc pas été une surprise.

— Je suis désolée, murmura-t-elle.

— À sa mort, ma mère était persuadée qu'on lui volerait l'entreprise. Elle n'avait pas réalisé à quel point j'étais une ordure en réalité. Le cacher a probablement été ma plus grande supercherie envers elle. Et envers toi aussi.

Stupéfaite de l'entendre partager autant de son passé, Sasha prit appui d'une main contre un mur.

— Quoi ?

— Tiens, peux-tu poser ça sur la table ? demanda-t-il en lui tendant son verre rempli.

— Oui.

Elle saisit le verre, mais Rafael ne le lâcha pas, et la fixa avec une intensité qui aurait percé son âme si ses lunettes de soleil ne lui avaient pas protégé les yeux.

— Tu m'en voulais pour beaucoup de choses, Alexandra. Tu m'as reproché de ne pas t'en avoir dit plus sur moi en trois ans que ce que tu savais le jour de notre mariage. Tu n'avais pas tort. Je déteste parler de mon enfance.

Il s'interrompit le temps de faire une grimace de dégoût.

— J'ai toujours voulu que tu me voies tel que je suis maintenant, et non tel que j'étais alors. Mais je veux que tu restes dans ce mariage. Pour cela, tu dois me connaître suffisamment pour me faire confiance.

— Pourquoi est-ce si important que je reste ?

S'il était seulement « attaché » à elle, pourquoi se souciait-il de ce qu'elle pensait de lui ou tenait-il à ce qu'elle partage une maison avec lui ?

Ou son lit ? Elle en avait envie, mais leurs relations intimes lui étaient devenues difficiles en sachant qu'elle investissait beaucoup plus son cœur que lui.

D'un autre côté, après avoir perdu sa mère de manière tragique, et se considérer comme un remplaçant du « véritable » enfant d'un couple, était-il capable de s'attacher profondément à quelqu'un ? Elle ne l'avait pas été, pas avant de s'être vu offrir l'amour sous sa forme la plus pure. Même à ce moment, elle avait résisté à l'idée de laisser entrer cet amour dans sa vie. Et y résistait encore, trop consciente de la vulnérabilité qu'il lui faisait ressentir.

— Asseyons-nous, dit-il en lui indiquant le canapé du regard. Il y a autre chose que tu dois savoir. Mais je ne suis pas sûr de ta réaction.

Elle porta son verre sur la table basse, se doutant de ce qu'il allait dire. Soudain nerveuse, elle s'assit à une extrémité.

Il grimaça en prenant place à côté d'elle, puis étendit sa jambe plâtrée devant lui et déclara :

— Nous attendons un bébé.

Sasha dut faire appel à toute sa volonté afin d'ouvrir une bouche stupéfaite.

Le plus simple aurait été de cesser la comédie, de dire : « Je sais. » Mais cet aveu ramènerait leur relation au point où elle en était le soir du gala. Or elle voulait qu'il continue à se confier, même si c'était difficile pour lui, pas qu'il la voie de nouveau comme Alexandra et redevienne le Rafael distant qui lui cachait ses pensées, son vécu.

— Comment ça ? Les médecins ne me l'ont pas dit à l'hôpital.

— Nous utilisons une mère porteuse.

Soucieuse de feindre avoir reçu un choc, elle posa ses coudes sur ses genoux et se couvrit les yeux de ses mains glissées sous ses lunettes de soleil. L'occasion se présentait enfin d'obtenir des nouvelles de Molly, mais elle dut résister à l'envie d'en demander.

— Nous avions du mal à concevoir, ajouta-t-il.

Pas lui. Pas lui, tout allait bien de son côté. C'était elle, dont le corps refusait de coopérer !

— Notre mère porteuse s'appelle Molly, et est enceinte de plus de trois mois à présent. Elle a entendu parler de notre accident, mais... elle vient de se fiancer à son patron.

— Quoi ?

De stupeur, Sasha releva brusquement la tête.

Grosse erreur. Ses lunettes ayant valsé en arrière, le soleil qui se reflétait sur le verre de la table l'aveugla. Elle referma les yeux avec force, mais le mal était fait. Des étoiles explosaient derrière ses paupières.

— Je sais, marmonna Rafael. C'est totalement inapproprié. Elle s'est engagée par écrit à garder sa grossesse confidentielle, donc elle ne parlera probablement pas de nous. Toutefois, cela pourrait expliquer pourquoi elle n'a pas posé son congé maternité à la date prévue. Cette histoire est suspecte. Et il y a pire : le patron en question, Gio Casella, devait conclure un gros marché avec moi il y a quelques jours, mais il l'a suspendu en raison de notre accident. Maintenant, je n'ose pas la contacter de peur de commettre un impair ou qu'elle ne s'ouvre à lui.

Sasha, en proie à une vive douleur, l'effroi et la nausée, agita une main dans sa direction tout en gardant l'autre pressée contre ses yeux fermés.

— Mes lunettes, s'il te plaît.

Il lui attrapa aussitôt la main.

— Tu as une migraine ?

— Oui. J'ai besoin de m'allonger.

Rafael se pencha pour récupérer les lunettes de soleil sur le coussin où elles étaient tombées, et les lui pressa dans la main.

— J'envoie un message à l'infirmière pour lui demander de t'accompagner dans la chambre. Je t'y aurais volontiers conduite moi-même, mais ces maudites béquilles m'en empêchent.

Quelques secondes plus tard, il ajouta :

— Elle arrive avec un antalgique et une poche de glace.

— Merci, répondit Sasha, consciente qu'ils avaient encore beaucoup à se dire, mais ne souhaitant que le silence d'une chambre obscure pour l'instant.

9

Rafael subit une nouvelle opération chirurgicale destinée à ajuster la broche posée dans sa jambe à Rome. Bien que mineure, cette intervention le contraignit à garder la chambre plusieurs jours, ce qui le rendit irritable.

Alexandra allait à peine mieux. Ses migraines l'obligeaient à rester enfermée dans le noir presque toute la journée. Elle était pâle, ne mangeait quasiment rien, ne pouvait regarder la télévision plus d'une heure ou deux, et tout bruit fort ou lumière vive la renvoyait directement au lit avec un masque apaisant sur les yeux.

Le fait qu'ils fassent chambre à part n'arrangeait en rien son humeur. Il ne s'attendait pas à ce que sa femme s'enfuie, mais il n'était pas convaincu qu'elle ne le fasse pas.

Rafael détestait l'incertitude, et la phrase d'Alexandra : « Tous les éléments sont en place pour une séparation nette » ne cessait de lui trotter dans la tête.

Quelque temps plus tard, après une journée passée à essayer de rattraper le retard pris dans son travail, il la trouva allongée sur le canapé dans le noir, en pyjama, son masque sur les yeux. Une vieille comédie romantique passait à la télévision, volume baissé.

— Es-tu réveillée ? demanda-t-il.

Elle releva les genoux pour lui faire une place.

— Oui. Contre qui criais-tu ?

— Je ne criais pas, si ?

Il s'assit avec précaution contre l'accoudoir, puis souffla pour atténuer la douleur causée par ce mouvement tout en cherchant à se rappeler à qui il avait parlé.

Cela aurait pu être n'importe lequel de ses interlocuteurs tant il avait les nerfs à vif. Sa vie avait viré au chaos. Il ne serait pas ruiné si Gio ne signait pas le marché, mais il serait humilié et subirait un sérieux revers financier.

Alexandra ne serait pas touchée. Elle avait toujours géré son propre portefeuille d'actions, investissant parfois avec lui, mais plaçant l'essentiel de son argent dans des valeurs relativement sûres comme l'immobilier. Que sa fortune soit sauve le rassurait, mais ce serait un coup dur pour son ego. Surtout dans leur situation conjugale si instable, car en temps normal cela ne l'aurait pas dérangé outre mesure.

Il remarqua alors ses orteils recroquevillés. Souffrait-elle ou se méfiait-elle de lui ?

— Tu as une migraine ?

— Non, même si je ne veux pas me porter la poisse en m'en vantant.

Rafael sourit. Parfois, Alexandra ressemblait à la femme qu'il avait épousée. À d'autres moments, c'était une étrangère réticente. Il aurait aimé la questionner, la pousser à éclaircir leur situation, mais elle était si fragile qu'il devait la traiter avec précaution.

Il lui prit les pieds et les posa sur ses genoux.

Elle chercha à les lui retirer.

— Qu'est-ce que tu fais ?

— Je vais te masser les pieds.

— Tu n'es pas obligé.

— J'en ai envie.

— Pourquoi ?

Parce que cela faisait une éternité qu'il ne l'avait pas touchée.

— Pour t'aider à te détendre. Un peu d'acupression pourrait te débarrasser de tes migraines.

Il sentit ses jambes se décontracter.

— Je suis prête à tout essayer, dit-elle dans un souffle. Et toi, comment vas-tu ?

— Bien.

— Je croyais que nous ne nous mentions pas.

Son ton à la fois facétieux et plein de défi le fit sourire.

— Ma jambe me fait un mal de chien. Je suis fatigué, frustré d'être si peu en forme et furieux que Gio ne m'appelle pas. Il me met dans le pétrin.

— À ce propos, je me demande si je ne devrais pas contacter sa fiancée, notre mère de substitution. Molly, c'est ça ?

Sentant ses muscles se tendre, il lui massa les chevilles.

— Pour lui dire que tu as oublié qu'elle portait notre bébé ? La savoir si intime avec lui m'inquiète.

Aux dernières nouvelles, ils étaient à Londres, mais Gio devait venir à Athènes le week-end suivant. Rafael avait délibérément évité de lui parler, laissant leurs assistants reprogrammer leur rencontre comme si l'accident n'avait été qu'un léger contretemps.

— Que lui dirais-tu ? reprit-il. D'ailleurs, tu ne m'as toujours pas dit comment tu te sentais à l'idée d'être mère.

L'espace d'un instant, Alexandra sembla se figer. Puis elle demanda d'une voix tendue :

— Comment te sens-tu, toi, à l'idée d'être père ?

— Nous désirons tous les deux ce bébé très fort.

— Tu es très doué pour éviter les réponses directes.

Rafael soupira avant d'admettre :

— Je n'aime pas révéler ce que je veux. Ça permet aux gens de l'utiliser contre moi, de me le prendre. Comme, dans le passé, on m'a pris mes jouets, on a menacé mes parents, puis mon entreprise.

— C'est pour ça que tu es si... dur, si fermé et difficile à lire ?

— La vie est une longue partie de poker, avec ses paris, ses risques et ses bluffs. Il ne faut jamais montrer ses cartes.

— Ce bébé serait-il donc une carte ? Ou…

L'anxiété perceptible dans la voix d'Alexandra serra le cœur de Rafael. Il se ressaisit aussitôt.

— Non. Je reconnais avoir toujours considéré les enfants comme le faisaient mes parents. J'ai une entreprise. Elle a besoin d'un héritier. À quoi bon construire une dynastie si elle doit disparaître avec moi ? C'est pour ça que je t'ai poussée à fonder une famille.

— Tu m'y as poussée ?

Elle chercha à lui retirer ses pieds. Il tint bon, profitant de cette occasion de lui dire ce qu'il n'avait pu lui expliquer auparavant du temps où elle était trop sur la défensive. Et parce qu'il avait alors abordé le sujet « bébé » avec trop de légèreté. Ce qui lui avait paru simple s'était révélé ne pas l'être.

— Oui, admit-il. Tu semblais prête, mais je pense que tu as accepté plus pour moi que pour toi.

À présent, il comprenait mieux l'ambivalence d'Alexandra à l'époque. Surtout à la lumière de son aveu. L'entendre lui dire qu'elle l'aimait l'avait décontenancé. Il regrettait sa réaction. Et de l'avoir perdue.

— Ne pas réussir à tomber enceinte tout de suite t'a angoissée, reprit-il, et au fil des mois notre relation est devenue très tendue.

— Comment ça ?

— Tu en voulais à ton corps, le rendais responsable de nos échecs. J'étais frustré de ne pas te donner ce que tu voulais. Or j'aime te donner tout ce que tu me demandes. Ça me fait plaisir de te gâter. Ça, je sais le faire.

— L'arrogance de l'homme, sûr de lui et au charisme bien caché…

Rafael se figea.

— Tu m'as souvent reproché ça. Ta mémoire reviendrait-elle ?

Elle se tortilla, en apparence pour se redresser contre les coussins, mais il se demanda si sa question ne l'avait pas plutôt mise mal à l'aise.

— Non. En fait, je crois savoir évaluer les gens.

Il ne fut alors pas certain de vouloir la voir retrouver la mémoire si son absence donnait une nouvelle chance à leur relation. Depuis l'accident, au lieu d'un mur entre eux, ils avaient une page blanche, vierge des moments difficiles de leur histoire.

— Si tu le dis.

— Puis-je te demander comment tu ressens le fait d'avoir été adopté ?

— Cette adoption m'a sauvé la vie. Elle m'a probablement évité la prison. C'est peut-être pour cela que je tenais à avoir un enfant à nous. Avec le recul, je vois à quel point c'était égoïste vu combien cela a été difficile pour toi, mais...

Se rendant compte qu'il lui pressait fortement les pieds comme pour évacuer sa propre tension, Rafael expira lentement à fond.

— Il était important pour moi de savoir que les gènes de notre bébé seraient une combinaison des nôtres. Je n'ai personne, Alexandra. Que toi.

Il dut respirer profondément avant de poursuivre :

— Toi, tu as tes parents, même si tu n'as jamais eu de bonnes relations avec eux. Dès le soir de notre rencontre, tu m'as pourtant donné l'impression de n'avoir que moi. D'avoir besoin de moi autant que j'avais besoin de toi.

— Tu as vraiment besoin de moi ? demanda-t-elle avec un scepticisme évident.

— Oui. Lorsque nous sommes au mieux de notre forme, nous formons une équipe redoutable. Alors, je voulais avoir un bébé avec toi, un qui ait nos meilleurs traits...

Il eut un petit rire amer avant d'ajouter :

— Ou les pires. Bref, peu m'importe, je veux notre bébé très fort.

Rafael la vit se mordre la lèvre. Un silence suivit, qu'il rompit.

— Et toi ? Comment ressens-tu le fait de devenir mère ?

Alexandra lui ôta ses pieds pour les poser sur le canapé. Ses genoux relevés formaient une barrière entre eux. Il la regarda serrer ses bras contre sa poitrine en une étreinte protectrice. Lorsqu'elle parla, sa voix était teintée d'angoisse.

— Franchement, je ne sais pas. Je sais que je devrais être heureuse. Je sais aussi que j'aimerai mon bébé. Je l'aime déjà.

D'une main, elle se frotta le sternum comme pour essayer d'y apaiser une douleur.

— Je peux m'imaginer avec un nouveau-né dans les bras, mais pas être mère.

Sa lèvre inférieure se mit alors à trembler.

Rafael lui passa son bras valide autour des jambes et lui embrassa un genou.

— Ça viendra avec le temps, Alexandra. Nous vivons des circonstances étranges, c'est normal que cette nouvelle soit un choc pour toi. Le bébé doit arriver à Noël. Cela te laisse le temps de t'y habituer.

— Crois-tu que nous puissions être de bons parents ? demanda-t-elle en soulevant son masque pour le regarder. Nous formions une équipe redoutable, dis-tu. Mais nous croyais-tu assez forts pour rester vingt ans ensemble, guider notre enfant dans la vie et lui apporter tout ce dont il aura besoin ?

— Nous réapprenons à être ensemble. Et, oui, j'ai la certitude que nous passerons le reste de notre vie ensemble.

— Comment peux-tu en être si sûr ?

— Parce que je garde les choses auxquelles je tiens.

— Je ne suis pas une chose, Rafael. Si tu ne le réalises pas, nous n'avons aucune chance.

Sur ce, elle rabaissa son masque, roula sur le côté, ramena ses genoux contre sa poitrine et appuya ses pieds contre le dossier du canapé. Un bras passé sous un coussin, elle regarda Richard Gere monter l'échelle d'incendie pour sauver Julia Roberts.

Après trois jours de repos, les migraines de Sasha s'étaient atténuées, ne lui laissant qu'un mal de tête supportable.

— C'est bien, déclara Rafael tandis qu'ils déjeunaient dans la salle à manger faiblement éclairée. Tu pourras donc m'accompagner au gala ce soir.

— À quoi bon ? Je ne connaîtrai personne là-bas.

C'était là un mensonge nécessaire pour la crédibilité de celui bien plus gros dans lequel elle s'était enlisée. Sasha ne regrettait d'ailleurs pas d'avoir simulé sa perte de mémoire. Grâce à cela, Rafael lui avait révélé des choses fascinantes et parfois douloureuses sur son passé. Cette soi-disant amnésie lui avait aussi permis d'être plus franche qu'elle ne l'avait jamais été au sujet de ses sentiments. Comme le soir où elle lui avait parlé de son ambivalence vis-à-vis de la maternité. Il avait alors été tendre et compréhensif, n'avait porté aucun jugement.

— Nous devons montrer aux gens que nous allons bien.

— On ne va pas bien.

— On s'entend à la perfection.

« Perfection » était peut-être un peu exagéré, mais... pas de beaucoup.

— Tu comptes porter ce short de gym avec ta veste de smoking ? demanda-t-elle.

C'était en effet devenu sa tenue habituelle sous la chemise et la cravate qui apparaissaient à l'écran lors de ses visioconférences.

— On doit livrer un pantalon adapté à mon plâtre dans l'après-midi, ainsi qu'une sélection de robes pour toi.

Sasha grimaça.

— Nous n'y ferons qu'une apparition, ajouta-t-il aussitôt. Une ou deux heures tout au plus. Ce sera suffisant pour montrer aux gens que rien n'a changé.

— D'accord, marmonna-t-elle.

En vérité, ce confinement oisif commençait à lui peser. Une sortie lui ferait peut-être du bien.

Après une sieste et un passage entre les mains de sa styliste, Sasha rejoignit le salon dans une robe en soie au bronze chatoyant qui moulait son buste avant de s'ouvrir sur le côté pour dévoiler une jambe jusqu'à mi-cuisse. Son maquillage dissimulait les creux apparus dans ses joues avec la perte de quelques kilos, ainsi que sa pâleur. Ses cheveux laissés libres avaient été lissés pour tomber en un rideau au blond lumineux.

Rafael ayant sorti des bijoux du coffre, un collier aux épais maillons d'or encerclait son cou et une large manchette serrait le haut de son bras.

— Tu es magnifique, dit-il dès qu'elle apparut. Et j'ai toujours aimé ce bracelet.

Comme il en caressait le bord du bout d'un doigt, Sasha frissonna. Sa peau se couvrit de chair de poule, et ses tétons durcirent sous la soie de sa robe.

Il remarqua son trouble.

Se sentant rougir, elle baissa les yeux.

— Ne sois pas gênée. Il y a toujours eu une grande sensualité entre nous. Je suis heureux de voir qu'elle est encore aussi vive.

Il porta alors son doigt au creux de sa gorge au-dessus du collier et le remonta le long de son cou pour lui relever le menton, la forçant à le regarder.

— Tu ne t'en souviens pas, Alexandra, mais nous passions de folles nuits ensemble.

Comme si elle l'avait oublié !

Depuis que le plâtre de Rafael et ses propres migraines les avaient obligés à faire chambre à part, elle aspirait à retrouver leur intimité. Malgré son envie d'approcher ses lèvres des siennes pour lui offrir sa bouche, elle cilla, préférant lui dissimuler son désir.

Il laissa alors retomber son doigt, serra ses béquilles sous ses bras et ajouta :

— Viens me retrouver plus tard, si tu en as envie. Cela me ferait très plaisir.

Rafael donnait toujours des ordres, et elle obéissait à chaque fois. Elle était vraiment trop conciliante face à lui.

Cette pensée l'agaça de plus en plus au fur et à mesure qu'ils approchaient du musée. À leur arrivée, Sasha regretta d'avoir laissé ses lunettes de soleil dans la voiture. Bien que les lumières soient tamisées, celle d'un lustre tombait sur une cascade artificielle, l'éblouissant.

De plus, la salle était bruyante, remplie de mondains qui les remarquèrent aussitôt et s'approchèrent d'eux pour leur offrir des marques de soutien. Il lui fut donc impossible de demander au chauffeur de lui apporter ses lunettes.

Rafael la présenta à un couple qu'ils connaissaient déjà.

— Alexandra a des problèmes de mémoire. Cela mis à part, nous nous rétablissons bien.

— Vraiment ! s'exclama la femme. Tu te souviens au moins de notre virée shopping à Singapour pendant que nos maris étaient en réunion ?

— Non.

En vérité, Sasha était heureuse d'oublier cette femme-là, surtout en l'entendant mettre une de leurs connaissances au courant de sa condition, la désignant tel un objet de curiosité.

— Tu ne vas pas le croire, Alexandra ne se souvient d'aucun de nous !

Elle serra les dents. La soirée promettait d'être longue et pénible. Pourquoi diable Rafael l'avait-il convaincue d'y assister ? Ne s'attendait-il pas à ces réactions quand la nouvelle de son amnésie se propagerait ?

Elle apprécia cependant qu'il vole à son secours.

— Je vous prie de nous excuser, nous avons quelqu'un à voir.

Par chance, le mari de la commère évita à Sasha une expression de surprise qui aurait pu la trahir.

— Casella ? Votre marché est toujours d'actualité, alors ?

— Oui, répondit Rafael.

Elle s'efforça de rester impassible tout en tournant les yeux vers les nouveaux arrivants. C'était bien Gio. Et sa compagne, vêtue comme une déesse, était bien Molly.

Bon sang ! Pourquoi Rafael ne l'avait-il pas prévenue de leur présence ? De toute évidence, il s'attendait à les voir.

Comme ils quittaient le groupe, elle fronça les sourcils, l'air de creuser sa mémoire.

— Quand tu m'as parlé de ce marché, tu as précisé que la fiancée de Casella était notre mère porteuse. C'est cette femme ?

— Oui, répondit-il en scrutant son regard. C'est Molly.

— Penses-tu qu'elle lui ait parlé de son rapport avec nous ?

— Non.

— Et pourquoi...

Sasha se tut brusquement, l'angoisse au ventre car ils arrivaient à portée d'écoute, et afficha une expression vide, comme si la soirée l'ennuyait profondément. Molly ne devait en aucun cas douter de sa perte de mémoire. Elle ne put cependant s'empêcher d'observer la silhouette de son amie, y cherchant une trace de sa grossesse.

La taille empire de sa robe dissimulait son ventre, et ses seuls seins rebondis devaient focaliser l'attention. Surtout avec le collier composé d'une succession de saphirs jaunes sertis de diamants, dont le plus gros reposait presque entre eux.

Quant à Gio, il était absolument superbe en smoking. Pas étonnant que Molly se soit fiancée à lui ! Elle avait d'ailleurs craqué pour lui depuis longtemps.

Arrivé à la hauteur du couple, Rafael coinça une béquille sous son bras pour tendre la main à celui qu'il espérait être son futur partenaire.

— Content de vous revoir, Gio, dit-il, avant d'ajouter : Alexandra, Gio était avec nous sur le yacht l'an dernier. Et cette jeune femme doit être votre fiancée ?

— En effet, c'est Molly.

Celle-ci serra la main de Rafael, puis se tourna vers Sasha, un sourire incertain aux lèvres.

— J'étais moi aussi à bord de votre yacht en tant qu'assistante de Gio. Nous nous sommes parlé brièvement. Vous ne vous en souvenez peut-être pas ?

— Non, je ne m'en souviens pas, répondit-elle avec une indifférence affichée. À la suite d'une commotion cérébrale, j'ai tout oublié de mon passé. Je ne sais même pas pourquoi je suis ici. Je n'y connais personne.

Une expression stupéfaite se peignit sur le visage de Molly. Elle jeta alors un rapide coup d'œil à Rafael. Il afficha un petit sourire poli, comme s'il se souvenait à peine de celle qu'il avait officiellement rencontrée une seule fois.

— J'en suis désolée. Cela doit être affreusement perturbant.

Pressée d'en finir avec cette confrontation avant que l'un d'eux ne commette un impair, Sasha se passa alors une main sur les yeux.

— Ces lumières me donnent mal à la tête. Rafael a insisté pour que je vienne afin que les gens voient combien je suis diminuée.

— Je n'ai jamais dit ça !

— Que peuvent-ils penser d'autre en te voyant m'exhiber comme un animal de cirque ?

— Si vous voulez bien nous excuser, intervint Gio. Rafael, je vous retrouve à votre bureau demain.

Le couple parti, Sasha murmura entre ses dents :

— Filons. Je ne passerai pas une minute de plus ici.

Rafael attendit qu'ils soient rentrés à la villa pour dire :

— Tu as vraiment été grossière avec Gio et Molly.

Alexandra, qui avait remis ses lunettes de soleil mais n'avait plus parlé de migraine, fit volte-face.

— Tu m'as tendu une embuscade !

— J'espérais que voir Molly raviverait ta mémoire.

— Notre accord avec elle est censé être confidentiel. Que voulais-tu que je lui dise ? Salut, comment va ton bébé ?

— Non, bien sûr, mais tu aurais pu être plus polie ou au moins plus avenante.

Elle lui présenta son dos, comme du temps où ils se déshabillaient ensemble en rentrant de soirée. Une fois qu'il eut abaissé la fermeture Eclair de sa robe, elle lui fit face en maintenant le tissu contre sa poitrine.

— Je ne peux vraiment pas te faire confiance, n'est-ce pas ?

— Tu peux me confier ta vie, Alexandra. Tu l'as déjà fait.

Elle afficha une expression incrédule, puis partit s'enfermer dans la salle de bains.

Rafael se pinça l'arête du nez. Même s'il avait eu une intention louable, ne pas l'avoir avertie de la présence de Gio et de Molly avait été une erreur. Prêt à le reconnaître, il s'assit en attendant son retour.

Elle revint un quart d'heure plus tard, enveloppée dans un peignoir et le visage démaquillé.

— J'aurais dû te prévenir, admit-il alors, mais j'espérais un résultat positif avec l'effet de surprise. Je veux par-dessus tout te retrouver, retrouver ma femme.

Elle haussa un sourcil pensif, puis soupira.

— Je ne redeviendrai jamais la femme que tu as épousée. Tu dois l'accepter. Sinon, autant nous séparer tout de suite.

Le ton décidé d'Alexandra lui fit froid dans le dos. En un éclair, un début de panique lui fondit dessus.

— D'accord, je ne cherchais pas uniquement à tester ta mémoire. Je voulais surtout voir si tu éprouverais une attirance spontanée envers elle.

— Que veux-tu dire ?

— Lors de votre première rencontre sur le yacht, tu l'as snobée. Puis, après votre entretien en privé, tu t'es entichée d'elle – un fait inhabituel pour toi – au point de la vouloir comme mère porteuse. Je n'ai jamais compris ton revirement, mais tu étais si enthousiaste que j'ai accepté. Je dois reconnaître avoir honte d'avoir soupçonné une liaison entre vous après. Mais, comprends-moi, elle t'appelle Sasha.

— Et alors ? répliqua-t-elle en enfonçant ses mains dans les poches, comme sur la défensive. Je ne vois pas où est le mal.

— Personne ne t'appelle comme ça.

— Tu peux le faire, si tu veux. « Alexandra » me donne l'impression d'être une étrangère dont les épaules portent les attentes de beaucoup de gens. En quelque sorte, je déteste être cette femme.

Si, selon ses dires, elle ne devait jamais redevenir celle qu'il avait épousée, il ferait mieux de se faire à l'idée. D'une part, parce que leur relation avait beaucoup changé depuis sa perte de mémoire ; d'autre part, parce que leur bébé allait bientôt arriver.

— Je vais m'arranger pour contacter Molly demain, déclara-t-il.

Avec un peu de chance, il parviendrait à la voir en privé. Il regretta alors de ne pas avoir essayé de discuter davantage avec elle au gala. Et de ne pas avoir sondé Gio comme prévu pour savoir où en était leur marché. L'évidence le stupéfia soudain : il avait été plus préoccupé par la réaction de sa femme que par ses affaires.

Bon sang ! Voilà qui allait lui donner matière à réflexion...

— Que vas-tu lui dire ?

— Je vais lui demander si elle a l'intention d'honorer son contrat. À l'heure actuelle, elle devrait déjà avoir posé son congé et vivre sur notre île. Tu avais parlé de t'y installer aussi jusqu'à la fin de sa grossesse. Veux-tu toujours le faire ?

La voyant hocher pensivement la tête, il se tendit dans l'attente de sa réponse.

— Oh oui ! Cette idée me plaît beaucoup.

Rafael n'aima pas du tout son enthousiasme soudain...

Grande fut la surprise de Sasha le lendemain en voyant Rafael et Molly rentrer ensemble. Son mari lui expliqua rapidement la situation. Gio les avait surpris tous les deux à l'hôtel et avait cru qu'ils entretenaient une liaison. Pour dissiper le malentendu, Rafael avait dû lui révéler que sa fiancée portait leur enfant, et le menacer de terribles représailles s'il s'avisait d'en parler ou de chercher à leur nuire. La discussion dégénérant, il avait envoyé Molly faire ses valises, puis l'avait ramenée à la villa.

Quelques heures plus tard, tous trois s'envolèrent pour leur résidence sur l'île. Sasha l'avait achetée sur les conseils de Rafael peu après leur mariage, quand elle avait eu accès à la première portion de sa fortune.

Elle était d'emblée tombée amoureuse de cette propriété avec sa villa moderne entourée de plantations d'arbres dont la vente des fruits, du vin et des divers produits payait l'entretien, et elle avait souvent regretté de ne pouvoir y passer plus de temps.

Dorénavant, elle en avait la possibilité, songea-t-elle tandis que Rafael leur faisait visiter les lieux.

La propriété donnait l'impression d'être isolée, perchée sur une colline dominant la mer. Pourtant, Athènes était rapidement accessible par hélicoptère au cas où Molly aurait besoin de soins urgents. Une infirmière sage-femme exerçait dans un petit cabinet du village voisin. Il avait déjà été convenu qu'elle passerait le lendemain, puis régulièrement, pour surveiller l'état de santé des deux femmes. Une aide ménagère devait venir trois fois par semaine et leur apporter les provisions ainsi que tout ce dont elles auraient besoin.

Sasha savait tout cela, c'était elle qui l'avait organisé. Pourtant, elle fit comme s'il s'agissait d'informations nouvelles. Après des semaines à jouer la comédie de l'amnésie, ce n'était pas le moment de se trahir.

La visite terminée, malgré son envie de suivre Molly – partie se reposer à l'intérieur – et de lui poser mille questions, elle raccompagna d'abord Rafael à l'hélistation.

— Es-tu certaine de ne pas vouloir que la femme de ménage s'installe avec vous ? demanda-t-il.

— Non, on se débrouillera très bien.

— Bon. J'essayerai de revenir le week-end prochain mais, maintenant que Gio a mis un terme à notre marché, je vais devoir trouver un autre moyen d'atteindre mon but.

Sasha hocha la tête.

Rafael la surprit alors en lui volant un bref baiser appuyé qui ralluma avec force les braises de son ancien désir.

À peine avait-elle commencé à s'abandonner à ses lèvres qu'il retira sa bouche et rejoignit l'hélicoptère pour rentrer à Athènes, la laissant frustrée.

Elle attendit que l'appareil ne soit plus qu'un point à l'horizon pour revenir à la villa.

Molly l'y attendait, l'air soucieux.

— Laisse-moi te rassurer tout de suite, je n'ai pas vraiment perdu la mémoire.

— Tu plaisantes ? Pourquoi diable feindre l'amnésie ?

— J'ai perdu le contrôle de la situation ! À mon réveil après l'accident, en voyant mes parents à mon chevet, j'ai paniqué. Je ne savais pas comment faire pour les pousser à partir, à sortir de ma vie à jamais. Et prétendre avoir tout oublié de ma vie précédente m'aidait à éviter de gérer mes problèmes avec Rafael. Ça se passait mal entre nous. J'aurais aimé t'envoyer un message, mais il aurait compris que je n'étais pas amnésique. S'il te plaît, ne lui dis rien.

— Bien sûr. Je te soutiendrai toujours. Toutefois, les mensonges prennent de l'ampleur avec le temps. Plus tôt tu lui avoueras tout, plus vite tu pourras aller de l'avant.

— Je sais, soupira Sasha tout en s'efforçant de refouler ses larmes.

— Mais, dis-moi, es-tu sûre de vouloir ce bébé ?

— Oui, plus que tout ! Mais j'ai aussi très peur d'être une mauvaise mère.

— Ne t'inquiète pas, tu seras parfaite. J'en suis certaine.

Comme Molly la prenait dans ses bras, Sasha lui retourna son étreinte, puis suggéra de monter s'installer dans leurs chambres.

Dès le lendemain, leur routine de vie s'établit. Le matin, elles se promenaient dans la campagne alentour, puis rentraient se baigner dans la piscine. Après le déjeuner, elles faisaient une sieste et se retrouvaient ensuite pour dîner. Le soir était réservé à la lecture ou à la télévision.

Elles se confiaient aussi chaque jour davantage l'une à l'autre.

C'est ainsi que Sasha expliqua à Molly ses problèmes conjugaux.

— Je n'aurais peut-être pas accepté de porter ce bébé si j'avais su que vous ne vous aimiez pas.

— Je l'aime, moi, répliqua aussitôt Sasha. C'est lui qui ne m'aime pas.

— J'aime Gio, également. Je le lui ai dit la veille du gala. Non seulement il ne m'a rien dit en retour, mais le lendemain il m'a surprise avec Rafael, dont les explications n'ont pas suffi à le convaincre de ma bonne foi. En fait, il est persuadé que j'ai accepté de porter votre bébé pour le gain financier. Or certains faits de son passé lui font haïr cette idée. Et je ne pouvais bien sûr pas lui expliquer ma véritable raison de le faire. Tu aurais vu avec quel mépris il m'a regardée…

— Ma pauvre chérie, dit Sasha en refermant les bras autour de son amie.

Elles laissèrent libre cours à leurs larmes et s'étreignirent longuement.

Enfin, Molly déclara :

— Sache toutefois que je ne regrette rien. Du moins pas de vous avoir aidés, Rafael et toi. Mon seul regret est que nous nous retrouvions toutes les deux à l'hôtel des cœurs brisés.

Sasha la regarda, un instant interloquée, puis répliqua :

— Eh bien, puisque nous voilà dans cet établissement si bien nommé, sortons nos mouchoirs et pleurons tout à loisir !

Elles éclatèrent de rire ensemble.

De retour à la villa le week-end suivant, Rafael se sentit dans la peau d'un invité lorsque Molly sortit de la cuisine, seule, un pichet de limonade à la main. Vêtue d'une robe ample en coton, les cheveux relevés en queue-de-cheval et pieds nus, elle avait l'air d'une adolescente. Il eut l'impression d'arriver dans la maison de deux copines en vacances.

— Sasha est en appel vidéo en haut, mais elle ne devrait pas tarder. Allons l'attendre sur la terrasse.

— Avec qui discute-t-elle ? demanda-t-il, déçu qu'elle ne soit pas venue l'accueillir.

— Le Dr Nerula nous a suggéré de reprendre contact avec la psychologue.

— Pourquoi ? Elle a du mal à s'attacher au bébé ?

— Je ne pense pas, mais je préfère la laisser t'en parler.

Rafael la vit détourner rapidement les yeux comme hésitant à en dire plus, puis elle ajouta :

— Même si nous bavardons pas mal ensemble, elle n'aborde pas de sujets très personnels.

Il en doutait mais, connaissant la discrétion de Molly, il n'insista pas.

— Je vois.

Il s'assit et but une gorgée de limonade avant de demander :

— Comment allez-vous, le bébé et toi ?

— L'infirmière est venue. Tout va bien.

— Mais tu es aussi en contact avec la psychologue. As-tu des doutes ou des appréhensions ?

— Pas du tout. J'avais besoin de ses conseils pour gérer mon incertitude. Jusque-là, je pensais reprendre ma vie et mon poste après la naissance du bébé. Or, vu comment Gio et moi nous sommes séparés, cela me sera impossible. Au fait, as-tu eu de ses nouvelles cette semaine ?

Percevant son inquiétude, Rafael se hâta de la rassurer :

— Non, pas encore. Il a dit mettre un terme au marché sous le coup de la colère, mais je ne pense pas qu'il le fasse. Donc j'entendrai sûrement parler de lui dans quelque temps.

Il était loin d'être aussi confiant. Loin aussi de croire que Gio garderait leur secret comme Molly l'avait fait. Pour avoir vu le côté sombre de l'humanité, il savait comment ce type d'information pouvait être utilisé pour ternir son image.

— Je t'aiderai à trouver un travail, si besoin.

— Merci, mais ta générosité me permettra de vivre sans travailler un bon moment. Je passerai quelques mois avec maman et ma sœur. Ça me fera du bien. Tout ira bien, après.

Rafael admira son optimisme pragmatique.

— Comment vous entendez-vous, Alexandra et toi ?

— Bien. Et quand on parle du loup… la voilà. Je vous laisse discuter ensemble.

Sur ce, Molly rentra dans la maison, puis ferma la porte-fenêtre.

Alexandra s'approcha. Ses cheveux étaient dénoués, elle n'était pas maquillée et portait une robe bain de soleil, mais elle était toujours la plus belle à ses yeux. Remarquant alors un mouchoir serré dans sa main, Rafael demanda :

— Que se passe-t-il ? Tu as pleuré ?

— J'étais en appel vidéo avec la psychologue. Tu penses pouvoir marcher jusqu'à la gloriette ? Il y a plus d'air à cette heure.

— Pas de problème. L'allée est pavée, et ma jambe cicatrise bien. La semaine prochaine, j'aurai un plâtre de marche.

Une douce brise soufflait en effet à travers les trois murs faits de lattes de bois croisées du petit pavillon. Rafael remarqua des romans d'amour, des élastiques à cheveux et du matériel de tricot posés sur la table basse entre les deux chaises longues. Il s'appuya alors contre un pilier en coin pour voir qui s'accoudait à la balustrade face à la mer.

— Alors, comment s'est passée votre semaine ?

— Bien, répondit-elle, le visage soudain radieux. Le bébé bouge, mais je n'ai pas encore eu l'occasion de le sentir.

Une douleur le transperça due à son sentiment d'exclusion lorsqu'elle était proche de leur mère porteuse. Pourtant, sa joie visible le soulagea. Il y vit une heureuse évolution.

— L'arrivée de ce bébé t'inquiète moins, maintenant ?

— Un peu moins.

Elle reprit cependant un air pensif.

— Tu veux me parler de ta conversation avec la psychologue ?

— Nous avons abordé pas mal de sujets. Mon plus gros souci est...

Son front se plissa comme si elle était en proie à la détresse. Il attendit qu'elle poursuive.

— Je ne vois pas comment notre mariage peut fonctionner si tu ne...

Si tu ne m'aimes pas ? compléta mentalement Rafael. Une brusque tension l'envahit sur-le-champ. Était-il incapable d'aimer ou avait-il peur d'aimer ? C'était peut-être pour cela qu'il avait montré si peu de compassion envers elle à l'époque où ses problèmes de fertilité la traumatisaient. Résultat, elle s'était éloignée de lui, et plus elle s'éloignait, moins il était capable de combler le fossé qui s'était creusé entre eux.

— Si tu ne sais pas qui je suis réellement, acheva-t-elle, le tirant brusquement de son introspection.

— Je ne te reproche pas de ne pas savoir qui tu es. J'aime apprendre à te connaître, Sasha.

Elle tourna aussitôt les yeux vers lui.

— C'est la première fois que tu m'appelles ainsi.

— Ça te dérange ?

— Non, j'aime t'entendre prononcer ce prénom.

Sa réponse le frappa en plein cœur, l'empêchant presque de respirer. Puis il remarqua que ses lèvres tremblaient comme si elle était sur le point de pleurer.

— Qu'est-ce qui ne va pas ?

— J'aimerais que tout se passe bien entre nous. Qu'on n'ait pas eu à vivre cette épreuve. J'ai peur que nous n'y survivions pas.

— Hé, dit-il en lui tendant la main. Viens ici.

Elle la prit et le laissa l'attirer à lui.

— Nous y arriverons tôt ou tard, même si le temps joue contre nous en ce moment.

— Que veux-tu dire ?

— J'ai quelques pistes en Asie et en Australie. Gio n'a pas rompu le marché, mais n'a pas fait signe de le finaliser non plus. Je dois mettre en place des plans d'urgence, donc je pars quelques semaines. Je pensais te demander de venir, mais je vois combien être ici est important pour toi, ça t'aide à te sentir plus proche du bébé.

— C'est vrai, mais...

Elle lui serra les doigts et sembla chercher ses mots.

— Mais je vais te manquer ? suggéra-t-il tout en lui pressant une main sur la nuque.

Au lieu de résister, elle se laissa aller contre son torse. Rafael abaissa alors la bouche et l'embrassa, aussi naturellement qu'il l'avait toujours fait.

Elle répondit à son baiser et se plaqua contre lui. Il lui sembla alors retrouver celle d'antan. Leurs corps se cherchaient avec avidité.

Sentant le sang rugir dans ses veines, il maudit le plâtre qui l'empêchait de la renverser sur l'une des chaises longues tandis que le désir montait en lui à la vitesse de l'éclair, et il lui empoigna les fesses. Même s'ils ne pouvaient pas faire l'amour, se donner un intense plaisir restait possible. Ils l'avaient déjà fait, par jeu. Il approfondit son baiser. Elle se mit à gémir puis, dans un sursaut, s'amollit contre lui.

Lorsqu'elle le lâcha, il lui sourit :

— Heureuse ?

— Oui, mais toi, tu n'as...

— Pas grave. Je risque toutefois de rester en état de manque intense prolongé. À moins que tu m'aides à m'allonger sur une de ces chaises longues et que tu t'occupes de moi...

Alexandra eut un petit rire, et baissa les yeux.

— Non.

— Pourquoi ? Personne ne peut nous voir. Mais si c'est parce que tu ne te rappelles pas m'avoir déjà fait ça, crois-moi, tu l'as fait. En fait, la première fois où nous avons fait l'amour, nous étions de complets inconnus, nous ne connaissions même pas nos prénoms.

Elle releva brusquement la tête.

— Tu t'en souviens ?

— Non, répondit-elle avant d'ajouter : Si tu veux rester dîner avec nous, on ferait bien de rentrer avertir Molly car c'est elle qui cuisine aujourd'hui.

Rafael reprit ses béquilles et la suivit vers la villa.

Au fil des semaines, l'état de Sasha s'améliora grandement. Ses maux de tête s'atténuèrent, puis se firent moins fréquents, et son moral remonta. À force de discuter avec Molly, elle accepta enfin l'idée d'avoir été manipulée. Son amant marié avait profité de son adolescence troublée pour abuser d'elle.

Garder sa grossesse secrète puis confier Libby à Patty avait été sa seule prise de décision à l'époque. Elle avait pris le contrôle de la situation et de son avenir de son mieux. Deux choix dont elle n'avait pas à avoir honte. Et qui lui apparaissaient encore plus judicieux en écoutant Molly lui parler de Libby.

Sa relation avec Rafael s'améliorait aussi. Depuis son départ, ils discutaient souvent – par téléphone car elle évitait encore les écrans – et il se confiait toujours davantage.

Un soir, il lui dit regretter que ni sa mère biologique ni sa mère adoptive n'aient vécu assez longtemps pour connaître leur petit-enfant. Un autre, il lui expliqua pourquoi il était déterminé à faire de l'ancien négoce de son père une entreprise internationale.

— Le jour de sa mort, en arrivant dans son bureau, j'ai trouvé des malfrats locaux en train de le tabasser. Je me suis battu avec eux et me suis retrouvé par terre à mon tour. Ils m'ont alors pris mon téléphone, puis ont arraché les fils des lignes fixes. Quand j'ai réalisé que mon père ne respirait plus, j'ai couru dans les entreprises voisines, mais personne n'a voulu appeler d'ambulance. Les gars étaient passés avant moi, et les avaient intimidés pour les empêcher de m'aider.

— C'est horrible !

— Oui, dit-il avec amertume. Le temps qu'une ambulance arrive, mon père était mort. Mais pas moi. Je me suis assuré qu'ils le sachent.

Un jour où Sasha lézardait au bord de la piscine, Molly vint la trouver :

— Je viens de discuter avec maman. Gio est allé lui rendre visite. En voyant les photos de famille dans le salon, il a compris que tu étais la mère de Libby.

Sasha se redressa d'un bond.

— Ciel ! Il ne faut pas que Rafael l'apprenne. Surtout de quelqu'un d'autre que moi !

— Gio ne dira rien. Maman lui a bien fait comprendre que ce n'était pas à lui de le révéler. En plus, il ne ferait pas ça à Libby, j'en suis persuadée. Il a fait sa connaissance lors de nos appels vidéo et semblait l'apprécier. C'est un homme droit. Il n'a rien de malveillant.

Même si Sasha n'en doutait pas, la possibilité d'être démasquée restait une menace capable de gâcher à jamais les progrès de sa relation avec Rafael.

Lors de son appel suivant, elle lui demanda quand il pensait rentrer.

— La semaine prochaine, en principe. On m'a enlevé mon plâtre, c'est au moins une chose qui marche en ma faveur. Mais pourquoi cette question ? Je te manque ?

Elle hésita quelques secondes. Puis, consciente qu'il ne lui avait encore jamais réclamé confirmation de son affection pour lui, elle trouva le courage de répondre :

— Oui. Tu me manques.

— Tu me manques aussi. J'aimerais tant que tu sois avec moi.

Sa voix trahissait la fatigue et peut-être autre chose qu'elle n'arriva pas à définir. La nostalgie ? Mais déjà, il poursuivait :

— Tu sais toujours comment séduire les gens.

— Toi compris ?

Cette ébauche de flirt destinée à lui remonter le moral eut un effet inattendu.

— Moi, c'est déjà fait.

Après un léger silence, il ajouta :

— Je sors de ma douche et n'ai qu'une serviette autour des hanches. Et toi, que portes-tu ?

En entendant sa voix soudain rauque et malicieuse, Sasha sentit une vague brûlante déferler dans ses veines.

— Juste une robe.

— Juste ?

— Et des sous-vêtements.

— Tu es dans ta chambre ?

Sasha jeta un coup d'œil par la fenêtre. Molly lisait, étendue sur une chaise longue dans la gloriette. Elle se hâta donc de monter dans sa chambre, puis répondit :

— J'y suis, maintenant.

— Verrouille la porte et déshabille-toi.

Elle obéit, en proie à une fébrile anticipation. Rafael ne la déçut pas. Il lui conta par le menu ce qu'il s'imaginait en train de lui faire et l'effet que cela avait sur lui. Puis ce que lui-même se faisait. Le résultat ne se fit guère attendre. Quelques minutes plus tard, il poussa un gémissement rauque.

Un sourire tendre naquit sur les lèvres de Sasha, qui se sentit très proche de lui, malgré la distance.

— Nous ne quitterons pas notre lit de la semaine, le jour où je vais enfin te retrouver, lui promit-il alors de la voix qu'elle connaissait si bien.

Peu avant la date prévue de son retour, Rafael l'appela.

— Je dois faire un détour par Gênes avant de rentrer. L'assistant de Gio Casella nous a organisé un rendez-vous.

— Oh non ! Je voulais venir te retrouver à Athènes.

— J'aimerais beaucoup. Mais, s'il signe le contrat, je vais être très occupé à lancer ma nouvelle opération. Or je veux t'accorder mon entière attention lorsqu'on sera ensemble. C'est donc moi qui viendrai te voir dès que possible.

Paniquée à l'idée d'une rencontre entre les deux hommes – dont Gio pourrait profiter pour parler de Libby –, Sasha voulut demander à Rafael d'attendre de l'avoir vue pour y aller. Elle n'en eut pas l'occasion car il raccrocha le téléphone.

10

Avant d'entrer dans le bureau de Gio, Rafael s'était préparé à l'entendre le menacer de révéler le fait qu'Alexandra et lui avaient recours aux services d'une mère porteuse, voire à utiliser cette information pour de nouvelles négociations.

Il n'en fut rien. Casella se contenta d'ajuster quelques dates pour tenir compte du temps perdu, ne mentionna pas Molly ni ne demanda de ses nouvelles.

Cela ne le surprit pas. Il s'en sentit cependant offensé pour elle – même si leurs fiançailles n'avaient apparemment été qu'une mascarade. Avant de sortir, comme il appréciait Molly, il fit donc savoir à Gio qu'il aurait pu se soucier d'elle.

Ce n'était peut-être pas une réflexion très judicieuse, mais le marché était conclu. Son entreprise était à présent une concurrente de taille sur le marché et ne ferait que prendre plus d'importance dans les prochaines années. Quant à lui, il atteindrait le statut de milliardaire – le but qu'il s'était fixé – avant ses trente-cinq ans.

Cette perspective aurait dû l'enchanter. Or, au lieu de prendre le temps de la savourer, il se précipita à Athènes afin de lancer les opérations suivantes. Dès son arrivée, les réunions et décisions à prendre s'accumulèrent. Ce genre de situation, qui d'habitude le stimulait, l'irrita cette fois car cela l'empêchait de rejoindre Alexandra.

Le soir où il fut enfin libre de le faire, ils avaient été séparés pendant deux mois.

Sa maison n'était pas un foyer sans sa femme. Il aurait pu la faire venir ainsi qu'elle le lui avait proposé, mais il tenait à aller à elle. À vingt-quatre semaines, leur bébé bougeait, et il aurait plaisir à sentir ses petits coups de pied.

Ainsi, il était donc devenu un homme très soucieux de sa famille...

L'étape suivante serait-elle de tomber amoureux ?

Il marqua une pause en enlevant son costume, le temps de réfléchir à cela.

Ses priorités avaient indéniablement changé. Cela lui sembla étrange, mais pas aussi alarmant que cela aurait été un an ou même un mois plus tôt.

La perte de mémoire de Sasha – ainsi qu'il avait pris l'habitude de penser à elle – restait bien sûr une source d'inquiétude. Pourtant, ils sortaient progressivement de la période difficile qu'ils avaient si longtemps traversée. D'une certaine manière, son amnésie leur était bénéfique.

Elle les avait forcés à mettre de côté leur stratégie habituelle face aux problèmes – des épisodes de passion dévorante – pour affronter ceux sous-jacents qu'ils avaient ignorés. Il avait dû les aborder et reconnaître son rôle dans leurs erreurs passées. Comme s'être éloigné de sa femme et avoir refusé de partager ses souvenirs les plus douloureux.

La laisser entrer dans son intimité était risqué mais nécessaire, avait-il compris. Il devait lui prouver sa confiance en elle s'il voulait recevoir la sienne. Même si elle restait un mystère à ses propres yeux et aux siens, il la découvrait plus douce, plus vulnérable. Cette nouvelle version d'elle l'attirait plus encore que la précédente.

Comme son nom s'affichait sur son téléphone, il répondit aussitôt :

— Je finis juste ma journée de travail et j'arr...

— Molly saigne, l'interrompit-elle. L'infirmière est là, nous attendons l'hélicoptère. Rejoins-nous à l'hôpital à Athènes.

— Comment va le bébé ?

— Je ne sais pas, Rafael. Pourquoi faut-il que ça se passe encore mal ? N'ai-je pas le droit d'avoir un bébé ?

L'entendre exprimer son ancien sentiment de défaite lui fit froid dans le dos. C'était Alexandra qui parlait. Ce n'était plus Sasha.

— Tu as retrouvé la mémoire ?

— Je ne l'ai jamais perdue ! s'exclama-t-elle. J'ai juste essayé d'oublier.

— Tu m'as menti pendant tout ce temps ?

— Écoute, Rafael...

— Non. Pas maintenant. Je vous rejoins à l'hôpital.

Pas question de discuter alors qu'il venait de recevoir un tel camouflet. Et encore moins quand la vie de son bébé était peut-être en danger.

Livide de colère, il coupa la communication, puis appela son chauffeur :

— Amenez la voiture. Changement de programme, on ne va pas à l'hélistation mais à l'hôpital.

— Bien, monsieur. Lequel ?

Après lui avoir donné le nom, Rafael songea à la mère de Molly. Il fallait l'avertir. Il perdit alors de précieuses minutes à rechercher ses coordonnées dans les premiers mails échangés avec Molly, puis composa son numéro.

— Rafael à l'appareil, le mari d'Alexandra. Votre fille est en route pour l'hôpital...

— Je sais, l'interrompit-elle, Gio vient de me le dire. Il est à New York et nous a organisé un vol pour Athènes. Selon lui, nous devrions arriver d'ici environ douze heures.

Rafael se demanda qui avait pu le mettre au courant. Molly

peut-être ? Peu importait. Patricia Brooks et la sœur de Molly allaient venir.

— Puis-je vous joindre à ce numéro s'il y a du nouveau ?

— Oui, je vous remercie Nous quittons la maison maintenant.

Il admira son sang-froid. Être sage-femme l'avait certainement habituée aux urgences, mais cette fois il s'agissait de sa fille.

Pensant alors à Molly, il se demanda si elle avait été au courant du mensonge de son épouse. Les chances pour que cela l'ait été étaient fortes, vu combien toutes deux étaient proches. Se sentir doublement trahi ne fit qu'attiser sa rage.

Rafael rumina ces sombres pensées jusqu'à l'hôpital. Molly venait d'y arriver et était en salle d'examen. On le dirigea vers un salon d'attente privé.

Alexandra était déjà là. Son visage livide se pétrifia en le voyant entrer.

L'envie de la prendre dans ses bras pour la réconforter le saisit, immédiatement suivie de celle de la secouer pour lui arracher des explications. L'une et l'autre le délaissèrent aussitôt. Sa colère contre elle lui rendait sa vue presque insoutenable.

— Tu n'as plus ton plâtre.

— Je t'ai dit qu'on me l'avait enlevé. Qu'est-il arrivé à Molly ? Elle a fait une chute ?

— Non. Nous étions en train de bavarder, elle s'est levée, et j'ai vu qu'elle saignait. J'ai appelé le pilote de l'hélicoptère, puis l'infirmière qui a pensé à un possible décollement placentaire. C'est quand le placenta…

— Je sais.

La détresse d'Alexandra vint à bout de sa décision de la tenir à distance. Après tout, il s'agissait de leur bébé. Il s'approcha donc pour la prendre dans ses bras. Elle s'abandonna alors contre son torse en sanglotant.

Ils restèrent ainsi enlacés jusqu'à l'arrivée du médecin.

— Les signes vitaux du bébé sont bons, et l'hémorragie de

Molly s'est arrêtée. Nous allons toutefois la garder. Avec un repos total au lit, nous espérons gagner une à deux semaines avant l'accouchement. On lui a administré des stéroïdes pour favoriser le développement des poumons du bébé, ainsi qu'un léger antalgique. Vous pourrez la voir sous peu, mais elle risque d'être somnolente.

— Pourriez-vous transmettre ces informations à sa mère, docteur ? demanda Rafael. Elle est en route pour venir et doit être très anxieuse.

Il lui donna le numéro de Patricia Brooks, et l'homme partit téléphoner.

— Merci. J'aurais été incapable de répéter ces termes médicaux, dit alors Sasha.

Ou Alexandra ? À vrai dire, il ne savait plus à qui il avait affaire après son monumental mensonge !

Il la savait capable de tromperie, mais pas à ce point. Pas envers lui. Cela la lui faisait à nouveau voir comme une étrangère. En définitive, leur mariage n'avait peut-être été qu'un long mensonge...

En même temps, elle était exactement la femme qu'il connaissait, songea-t-il en la voyant retirer distraitement l'élastique qui retenait ses cheveux, puis les rassembler en un chignon plus serré. Ce geste lui était si familier qu'il était gravé dans sa mémoire.

— C'est Molly qui a demandé à Gio de faire venir sa mère et sa sœur ?

— Non, c'est moi. Tu m'as raccroché au nez, tu t'en souviens ?

Elle jeta alors un coup d'œil frustré au coin où une machine multifonction à boissons chaudes était mise à disposition, ajoutant :

— J'aurais bien besoin de quelque chose de plus fort, là, maintenant. Tu m'en veux de t'avoir menti, je le sais, mais...

— Je t'en veux d'avoir demandé à Gio de faire ce qui m'incombait, rétorqua-t-il sèchement. T'en vouloir est un terme bien faible pour exprimer ce que je ressens face à ta fourberie. Ça t'excitait de me savoir si naïf pendant nos appels cochons ?

Elle le fixa en silence pendant un interminable moment, puis cilla et dit d'une voix peu assurée :

— Non, Rafael. Contrairement à toi, ce n'est pas le pouvoir qui m'excite.

Une infirmière ouvrit alors la porte.

— *Kyrie* et *kyria* Zamos ? Vous pouvez aller voir *kyria* Brooks maintenant, mais ne restez pas longtemps. Elle doit se reposer.

Ils trouvèrent Molly allongée sur le côté dans le lit d'hôpital, reliée à une perfusion et à divers appareils.

Sasha lui repoussa les cheveux sur le front avant de demander d'une voix dont la tendresse serra le cœur de Rafael.

— Comment vas-tu, ma chérie ?

— Pas trop mal. Le bébé va bien aussi, mais on va me garder quelques jours.

— Je sais. Ta mère va bientôt arriver.

— Avec Libby ?

— Oui. Ça va bien se passer. Enfin, je l'espère.

Le regard de Molly dériva sur Rafael, et Sasha ajouta :

— Je ne lui en ai pas encore parlé, mais je vais le faire.

Molly attrapa soudain la main de Rafael pour la guider jusqu'à son ventre.

— Touche.

Sous le tissu, il sentit alors un faible mouvement sous sa paume.

Le souffle coupé, il dirigea son regard émerveillé sur sa femme, et lut une telle envie et une telle tristesse dans ses yeux que sa gorge se serra. Elle avait fait ça pour lui. Il en était certain. Elle avait peut-être menti sur d'autres points, mais son désir d'avoir cet enfant était réel.

Elle dissimula sa peine sous un faible sourire. Montrant alors à Molly le téléphone posé sur la table de chevet, elle lui dit :

— Appelle-nous en cas de besoin. Nous sommes dans notre

appartement à côté de l'hôpital. On va te laisser te reposer, maintenant. Je reviendrai quand Patty arrivera.

— D'accord, murmura Molly d'une voix somnolente. Tout va bien se passer, Sasha.

— Je sais, répondit-elle.

Mais lorsqu'elle releva les yeux vers lui, Rafael n'y lut que désolation. Comme lui, elle savait qu'ils risquaient de tout perdre.

Y compris se perdre l'un l'autre.

Leur appartement était un pied-à-terre qu'ils utilisaient lorsqu'une sortie en ville se terminait tard. Il était petit, composé d'un grand salon et d'une chambre, mais néanmoins confortable.

Pendant que Rafael disposait sur la table la nourriture qu'il avait commandée, Sasha, qui frissonnait à cause de la climatisation mise à fond pour lutter contre la chaleur persistante de ce début d'automne, alla enfiler un cardigan.

À son retour, elle accepta le verre de vin blanc que Rafael lui servit, mais ignora les brochettes dans son assiette.

— Je voulais tout te dire la dernière fois où tu es venu sur l'île, mais j'y ai renoncé quand tu m'as annoncé ton départ pour l'Asie.

— Tu aurais pu le faire par téléphone, ou tout simplement à Rome.

Un immense sentiment de culpabilité fondit sur Sasha.

— J'ai eu tort. Tu auras du mal à me pardonner, mais j'ai agi ainsi parce que tu t'es moqué de moi.

— Quand ça ?

— Quand je t'ai dit que j'étais tombée amoureuse de toi.

— Je ne me suis pas moqué de toi.

— Si. Tu croyais que j'allais dire « de Molly », m'as-tu répondu, et tu as éclaté de rire.

— Je riais de moi-même, pour avoir pensé ça, répliqua-t-il avec impatience. Ça n'excuse pas le fait que tu m'aies ridiculisé depuis !

— En fait, j'ai d'abord feint l'amnésie en voyant mes parents à mon chevet. Ensuite, je ne pouvais plus dire le contraire.

Consciente de chercher à rationaliser sa conduite, Sasha posa son verre. Fuir le passé n'était plus possible. Elle devait l'affronter.

— Quand j'avais seize ans, un ami de Humbolt m'a séduite. Je suis tombée enceinte et je me suis enfuie. J'ai vécu toute ma grossesse chez Molly et sa mère. Elles ont adopté le bébé. Libby est ma fille.

Rafael la regardant sans mot dire, figé, comme s'il avait cessé de respirer, elle déglutit, serra les bras contre sa poitrine et poursuivit :

— C'est pour ça que j'étais si bouleversée de ne pas pouvoir tomber enceinte lorsque nous avons essayé d'avoir un enfant.

— Pourquoi ne m'as-tu pas dit ça ?

— C'était un secret trop douloureux pour être révélé. J'en avais honte. Et on ne partageait rien de notre passé. Tu te disais « très attaché à moi ». J'ignorais si cet « attachement » persisterait si tu apprenais que ta femme avait eu une liaison avec un homme marié. Le père de jeunes enfants, en plus.

— Quel âge avait-il ?

— Trente et un ans.

— Et toi, seize ? Ce n'est plus une liaison. Cet homme a abusé de toi, Alexandra.

Elle tressaillit, détestant l'entendre l'appeler ainsi quand son surnom était devenu une marque de tendresse dans sa bouche.

— Je sais, mais il ne m'a pas forcée. J'étais consentante. Je pensais être amoureuse. J'aimais surtout l'idée que Humbolt serait hors de lui en apprenant que je couchais avec son ami. En fait, je lui ai donné une raison de me traiter de fille facile.

— Il était au courant et n'a pas mis un terme à cette relation ? Ta mère aussi a fermé les yeux ?

— Oui. Elle ne l'admettra jamais, mais ce n'est pas la question. J'étais enceinte et mineure, donc à leur merci. Ils m'auraient peut-être obligée à abandonner l'enfant ou l'auraient élevé à leur image.

— Tu t'es donc enfuie pour garder le bébé ?

— Oui. Patty m'a recueillie, aidée à trouver un avocat qui a obtenu du père de Libby qu'il renonce à ses droits paternels et établisse un fonds fiduciaire à son nom. En contrepartie, je me suis engagée à ne jamais révéler son identité. C'était pour moi une autre raison de garder le secret. Si les paparazzi apprenaient que j'avais eu un enfant, ils auraient vite trouvé le nom du géniteur. La crainte d'une exposition médiatique l'a forcé à exercer un certain contrôle sur Humbolt.

— Ces deux hommes devraient être arrêtés !

— Tu as raison. Crois-moi, j'y ai pensé aussi. Mais tout révéler bouleverserait la vie de Libby, sans parler de celle des autres enfants de son père. Ils ne méritent pas d'être harcelés par la presse pendant que leurs parents traverseraient un divorce horrible. Et Humbolt poursuivrait certainement Patty. Il anéantirait sa carrière et essayerait d'obtenir la garde de Libby puisqu'elle est la petite-fille de maman et a droit à une partie de ma fortune. Il ne gagnerait probablement pas, mais tout le monde souffrirait.

Sasha attendit une réaction de Rafael sans trop savoir laquelle. Une absolution peut-être ?

Il jura à voix basse, se passa les mains sur le visage, puis finit par demander :

— Tu n'as rien de plus à m'avouer ?

— Non.

— Tu aurais pu me dire tout ça bien plus tôt.

— Quand, Rafael ? Lorsque tu as voulu avoir un enfant, j'avais des sentiments ambivalents à ce sujet. D'un côté cela réveillait ma souffrance d'avoir abandonné Libby, de l'autre je voulais moi aussi avoir un bébé à nous. Je ne m'attendais pas à ce que ce soit si difficile. J'ai eu peur que tu demandes le divorce si je n'arrivais pas à t'en donner un.

— Je n'ai jamais rien dit qui te laisse penser cela.

— Non, mais c'était implicite. Au moment de notre mariage, tu m'avais avertie que tu aurais besoin d'un héritier.

— D'accord, mais...

— Peu importe, écoute-moi, s'il te plaît. Ma rencontre avec Molly sur le yacht a été décisive. Il m'était pourtant encore impossible de te parler du lien qui m'unissait à elle car, connaissant la raison pratique de notre mariage, je n'avais jamais eu beaucoup d'espoir en sa durée. Je n'avais pas confiance en toi.

Rafael inspira profondément, comme s'il venait de recevoir un autre coup.

— J'ai bien souvent voulu tout t'avouer. Entre autres après notre sortie de l'hôpital mais, quand je t'ai demandé si nous nous aimions, tu m'as dit n'être qu'attaché à moi. Alors, plus question de partager un secret si personnel. Du coup, j'ai continué à feindre l'amnésie, pensant qu'on finirait par divorcer. Puis, au fil du temps, tu t'es ouvert à moi, je nous sentais de plus en plus proches. Je savais pourtant que c'en serait fini de nous le jour où tu saurais quelle comédie je t'avais jouée. Maintenant, tu sais. Je te demande simplement de ne pas prendre de décisions tant que nous ignorons si le bébé va...

La gorge brusquement nouée, Sasha se leva en toute hâte.

— Excuse-moi, j'ai besoin d'aller m'allonger.

Elle rejoignit leur chambre et ferma la porte.

Rafael s'apprêtait à la rejoindre quand il entendit le verrou tourner. Il regarda un instant son verre de vin encore plein et, malgré son envie de boire pour se remettre des chocs qu'il venait d'encaisser, préféra garder l'esprit clair.

Divers souvenirs affluèrent à sa mémoire. En premier lieu, la manière grossière dont Alexandra avait interpellé Molly sur le pont de leur yacht. Puis, celle dont elle avait assuré qu'il ne porterait jamais tort à sa sœur. Ensuite, sa vive émotion en apprenant la grossesse de Molly. Il avait alors réalisé combien leurs essais infructueux puis tout le processus et l'attente avaient été douloureux pour elle.

Il s'en voulut de ne pas l'avoir mieux soutenue pendant cette période, lui qui se targuait de bien prendre soin d'elle… Même lorsqu'elle avait eu un étourdissement lors de l'échographie de Molly, il s'était plus préoccupé de ce que s'étaient dit les deux femmes dans les toilettes que de lui apporter son réconfort.

Il se rappela alors l'homme présent chez les Humbolt le jour où ils étaient allés leur annoncer leur mariage. À sa vue, Alexandra s'était immédiatement raidie, l'avait toisé, menton relevé en un geste de défi. Cela ne lui avait pas échappé. Et il avait haï celui qu'il percevait d'instinct comme un ennemi.

Tout s'expliquait à présent…

Bien qu'épuisé, il resta assis à broyer du noir, jusqu'à ce que sa femme sorte de la chambre quelques heures plus tard.

— Patty et Libby ont atterri et sont en route pour l'hôpital.

Rafael prit les clés de la voiture, et ils partirent sans échanger un seul mot.

À l'hôpital, l'infirmière les pria d'attendre. Molly dormait, mais sa mère et sa sœur avaient été autorisées à aller la voir. Gio, en revanche, était dans le salon privé, visiblement fatigué après le long voyage. Ou peut-être inquiet ?

Rafael ne sut dire, et lui adressa un signe de tête. Leurs deux dernières rencontres avaient été plutôt froides.

— Patty t'a expliqué ? demanda Sasha à Gio.

— Oui.

Le sang de Rafael ne fit qu'un tour.

— Il sait ?

— Il l'a deviné il y a quelques semaines, en rendant visite à Patty.

— Avant notre rencontre, Gio ?

L'ex-fiancé de Molly haussa une épaule fataliste.

Savoir qu'il avait été au courant du secret de Sasha et ne l'avait pas utilisé pour le détruire – il avait signé leur marché – ne réconforta pas Rafael. Il aurait dû le remercier. Pourtant, il se sentait ridiculisé d'avoir été le seul à tout ignorer.

— J'ai besoin de prendre l'air, déclara-t-il.

Au moment où il mettait la main sur la poignée de la porte, celle-ci s'ouvrit sur une femme, d'environ cinquante ans, dont le sourire ressemblait à s'y méprendre à celui de Molly.

— Bonsoir, Rafael. Je suis Patricia.

— Je suis heureux de faire votre connaissance, réussit-il à dire.

Elle passa devant lui sans plus de formalités puis, tendant les bras, s'exclama :

— Sasha !

Sa femme l'étreignit tout en jetant un regard inquiet en direction de la porte ouverte.

— Où est…

— Libby a voulu rester avec Molly. Elle s'inquiète pour sa sœur et est bouleversée de n'avoir pas été avertie de sa grossesse. Donne-lui le temps de digérer toutes ces informations.

Rafael sentit Gio passer devant lui et sortir, mais resta concentré sur Sasha dont le visage s'était décomposé.

Sa douleur si palpable lui serra le cœur.

S'il la ressentait si fort, c'était qu'il l'aimait, songea-t-il. Il voulut la prendre dans ses bras, mais elle s'accrochait à Patricia comme si sa vie en dépendait. Bien sûr, c'était avec cette femme qu'elle avait besoin de partager cette souffrance particulière…

Incapable de supporter plus longtemps cette vision, il quitta la pièce, referma la porte derrière lui, puis s'appuya contre le mur, s'efforçant de respirer profondément.

En cet instant, Rafael prit conscience de l'ampleur de la responsabilité que Sasha avait portée à seize ans. Il avait considéré son animosité envers sa mère et son beau-père comme celle d'une héritière gâtée qui ne voulait pas être contrôlée. Il l'avait jugée incapable de comprendre son combat pour arracher l'entreprise de son père à des truands alors que lui-même n'était encore qu'un adolescent.

Pourtant, à ce jeune âge, Sasha avait porté un enfant en secret parce que les adultes qui auraient dû la protéger avaient laissé un pervers abuser d'elle. À présent, il comprenait de quelle force elle avait fait preuve en abandonnant sa fille aux soins d'une famille aimante, refusant de la laisser souffrir des abus dont elle-même avait été victime. Une décision si douloureuse qu'elle avait été incapable d'en parler pendant plus d'une décennie.

Son empathie pour la douleur de Sasha fut si forte que Rafael se plia en deux, mains appuyées sur les genoux.

Une paire de chaussures italiennes apparurent soudain dans son champ de vision. Il se redressa pour regarder Gio.

— Molly est réveillée. Elle veut voir sa mère.

Il ouvrit alors la porte, transmit son message, puis se retourna vers lui, l'air grave.

— J'ai réservé des chambres d'hôtel pour Patty et Libby. Je les y conduirai dès qu'elles seront prêtes.

— J'en ai fait autant, répliqua Rafael.

Un muscle tressauta sur la joue de Gio.

— J'aimerais prendre soin de la famille de Molly.

La sœur de Molly ne faisait pas seulement partie de la famille Brooks, tout de même !

Si en entendant Sasha lui raconter toute son histoire quelques heures plus tôt Rafael n'avait pas entièrement réalisé sa parenté avec Libby, il le faisait à présent.

Patricia sortit alors du salon privé et lui serra le bras.

— Essayez de convaincre Sasha de rentrer se reposer. Je dois aller mettre Libby au lit, aussi. Nous bavarderons davantage demain.

Il trouva sa femme assise, le regard hagard.

— Comment te sens-tu, Sasha ?

— Libby ne veut pas me voir. Or je ne peux pas lui tourner le dos une fois de plus. Fais le guet dans le couloir et dis-moi quand elle sortira de la chambre de Molly.

Rafael aurait aimé aller chercher Libby et la traîner jusqu'au salon. Mais elle n'était qu'une enfant. Une qui, ce matin-là, avait dû partir en classe sans savoir que des heures plus tard elle allait rencontrer sa mère biologique, ou apprendre que sa sœur était hospitalisée. Elle ignorait alors la naissance prochaine d'un demi-frère ou d'une demi-sœur.

Il alla donc se poster dans le couloir.

Lorsque, au bout d'un long moment, Gio sortit de la chambre, suivi de Patricia Brooks et d'une préadolescente, il encaissa un nouveau choc.

Libby ressemblait tellement à Sasha qu'il crut voir une version de sa femme plus jeune. Le même visage, le même corps longiligne, la même manière de repousser ses longs cheveux sur ses épaules…

Le regard hautain qu'elle lui lança en le voyant la dévisager, l'air de dire : « Vous êtes qui, vous ? » aurait lui aussi pu appartenir à Sasha.

En un éclair, Rafael expérimenta l'amour dans sa forme la plus pure et la plus innocente. Quelle gamine insolente ! Partagé entre rire et larmes, il aurait voulu dire : « Sasha, elle est magnifique. C'est tout toi. Viens voir. »

Il attendit cependant d'entendre les portes de l'ascenseur s'ouvrir et se refermer, puis entra chercher sa femme, décidant qu'il valait mieux ne rien lui dire.

11

À son réveil, Sasha se souvint que Rafael l'avait serrée dans ses bras jusqu'à ce qu'elle s'endorme. Il était parti, mais lui avait laissé un mot l'informant qu'il était au bureau et viendrait à l'hôpital à l'heure du déjeuner.

Elle trouva aussi un message de Molly.

Bébé fait des sauts périlleux. Selon le médecin, il va bien. Maman m'a ordonné d'échelonner mes visites afin de pouvoir me reposer. J'ai l'impression d'être punie comme si j'avais enfreint le couvre-feu !

Sasha répondit :

Courage. À bientôt.

Une heure plus tard, elle arriva dans la chambre de Molly. Gio, déjà sur place, sortit.

— Que fait-il encore ici ? murmura Sasha.

Son amie lui répondit d'une voix aussi basse :

— Je ne sais pas.

— Tu veux que je lui dise de ne pas revenir ?

— Non ! Il est le bienvenu, s'il en a envie. Au fait, tu as parlé à Rafael hier soir ?

Sasha hocha la tête en soupirant.

— Tu crois que votre couple va y survivre ?

— Je ne sais pas. Ce que j'ai fait est impardonnable...

Se souvenant alors de la recommandation de Patty de lui éviter tout souci, elle ajouta d'un ton léger :

— Ne t'inquiète pas pour nous. En ce moment, mes seules préoccupations sont toi et le bébé.

— Et Libby, j'imagine, non ?

— Oui, admit-elle, le cœur serré. Hélas, elle ne veut pas me voir.

— Si ça peut te rassurer, elle m'en veut férocement de lui avoir fait croire que Gio et moi étions fiancés. Elle changera d'avis envers toi, mais attends-toi à une rencontre houleuse. Elle ne mâche pas ses mots, cette petite.

Sasha n'avait jamais attendu une explosion de fureur avec une telle impatience.

Molly commençant à somnoler, elle s'en alla. Lorsqu'elle revint à l'hôpital, Patty et Libby venaient d'en partir. Rafael devant rentrer tard, elle dîna avec Molly.

De retour à l'appartement, Sasha eut amplement le temps de se s'inquiéter pour son mariage. Peu avant minuit, elle entendit la porte d'entrée s'ouvrir, puis Rafael se préparer pour la nuit.

— Tout se passe bien au travail ? demanda-t-elle tandis qu'il se glissait dans le lit.

— Oui.

Il sembla hésiter, puis reprit :

— Quoi qu'il se passe au cours des deux semaines à venir, toi et moi aurons besoin d'un peu de temps.

— Oh…, murmura-t-elle, le cœur lourd.

— Non, ce n'est pas… J'ai appelé l'hôpital. Molly et le bébé vont bien. Ne t'inquiète pas. Rendors-toi.

Sasha aurait voulu lui demander de la serrer contre lui, mais leur relation était trop précaire. Elle attendit donc d'entendre son souffle devenir régulier puis se rapprocha de lui et finit enfin par s'endormir.

À son réveil, il était une fois encore déjà parti. Ses dernières paroles la tourmentèrent jusqu'à ce qu'elle arrive à l'hôpital.

Patty et Libby étant dans la chambre de Molly, Sasha attendit dans le salon privé. Quelques minutes plus tard, Libby entra.

Surprise, elle faillit lâcher sa tasse de café.

Libby s'arrêta net puis, la reconnaissant, écarquilla les yeux avant de se ressaisir et de balayer la pièce du regard.

— Ma mère m'a dit qu'on peut faire du chocolat chaud ici.

— Oui, répondit Sasha en lui désignant la machine multifonction. Là-bas. Comment va Molly ?

— Ils viennent de l'emmener passer un scanner. Seule maman a eu le droit de l'accompagner. Elle m'a envoyée ici probablement parce qu'elle savait que tu y étais.

Sur ce, Libby posa une tasse sous la machine et pressa le bouton marqué « Chocolat ».

— Tu ne voulais pas me voir, c'est ça ?

— Je ne sais pas, répondit la préadolescente qui essaya alors de boire, puis recula très vite les lèvres.

— Il y a du lait dans le frigo, si c'est trop chaud.

Libby se contenta de reposer sa tasse et de fixer les yeux sur la porte.

Consciente de devoir faire le premier pas, Sasha prit une profonde inspiration.

— Patty, enfin, ta mère, a dû t'expliquer pourquoi je l'ai laissée t'adopter. Si tu as des questions à me poser, cependant, n'hésite pas.

— Pourquoi n'es-tu jamais venue me voir ? Maman disait que tu aurais pu.

— Pour plusieurs raisons. D'un côté, te voir m'aurait été douloureux. De l'autre, je craignais de vous mettre ta mère et toi en danger si mon beau-père découvrait où vous viviez. Mais surtout parce que j'avais honte de t'avoir abandonnée, et je pensais qu'il était préférable pour toi de ne pas me connaître.

— Et maintenant, tu vas disparaître de nouveau de ma vie ?

— Non. Si tu en as envie, bien sûr, j'aimerais passer du temps avec toi.

— Et je pourrai voir le bébé quelques fois ?

— Évidemment ! Cela me plairait beaucoup. Je sais que tu es en colère contre moi, mais...

— Non, pas en colère. Enfin, si, un peu. Je suis surtout amère. Tout le monde m'a menti dans cette affaire. Maman m'a caché que j'étais riche. Molly ne m'a pas dit qu'elle était enceinte. Gio m'a laissée croire que leurs fiançailles étaient réelles, et même dit que je pourrais être demoiselle d'honneur à leur mariage. Rafael semble être la seule personne à qui je peux faire confiance. Mais, qui sait, il m'a peut-être menti, lui aussi.

— Comment ça ? demanda Sasha, stupéfaite. Tu lui as parlé ?

— Oui, on a joué aux cartes ensemble hier en attendant que Molly se réveille. Il comprend ma rancœur parce que tout le monde lui a menti aussi. Je lui ai demandé si vous alliez divorcer. Il m'a dit qu'il ne le voulait pas, mais ne pouvait pas m'assurer que les choses s'arrangeraient entre vous. Il trouverait injuste que vous vous sépariez. Pour le bébé, et pour Molly après tout ce qu'elle a fait pour vous.

— Oui, je sais.

Sasha se retint de demander à Libby : *Rafael ne veut pas divorcer ? Tu es sûre ?*

— Je comprends pourquoi Molly a voulu vous aider. Je ne t'en veux pas vraiment de m'avoir confiée à une adulte en qui tu avais confiance au lieu de m'élever toi-même. C'est un travail à temps complet, un bébé. Tu étais trop jeune. Moi, je veux poursuivre mes études et devenir médecin. Ça demande de la persévérance et des efforts.

— C'est vrai. Tu as envie de faire médecine pour suivre la même voie que ta mère ?

— Oui. Ça me fascine. Maman m'a dit qu'il faudrait probablement faire une césarienne à Molly pour que le bébé et elle survivent. Pourvu que tous deux s'en sortent...

Libby lui semblant soudain si effrayée, si vulnérable, Sasha franchit la distance qui les séparait et l'étreignit.

— Je l'espère très fort aussi.

Comme les bras de Libby se refermaient autour d'elle, le cœur de Sasha se gonfla d'amour, et les larmes lui montèrent aux yeux. Dans la périphérie de sa vision, elle perçut un mouvement à la porte.

Rafael était là. Il les regardait.

La semaine suivante fut une des pires de la vie de Rafael. Il en avait pourtant vécu de très dures. À l'époque au moins, lorsque les chances étaient contre lui, il avait pu agir, se battre d'une manière ou d'une autre.

Mais il ne pouvait rien faire pour Molly. Rien faire pour s'assurer que son bébé vivrait. Rien dire pour soulager l'inquiétude de Sasha.

Cette soudaine impuissance lui était une véritable torture. Il se souvenait de sa confession le premier jour au retour de l'hôpital. Elle avait craint de le perdre si elle n'arrivait pas à lui donner un enfant. C'est dire à quel point elle avait eu peu confiance en leur mariage. À présent, il la comprenait, car il avait l'impression que leur couple ne survivrait pas si un malheur arrivait à leur bébé.

En rentrant un soir à l'appartement, fatigué après une autre journée au bureau, il réalisa que, s'il voulait sauver son couple, il allait devoir se battre, ce qui signifiait déléguer le travail, laisser son entreprise fonctionner seule.

— Tu n'es pas encore couchée, dit-il en trouvant Sasha assise sur le canapé en train d'écouter la télévision.

Elle éteignit l'écran et ôta son masque relaxant.

— Je ne pouvais pas dormir. Patty pense que le médecin va

faire une césarienne à Molly d'ici quelques jours. Selon elle, on nous informera avant des risques possibles.

— Oh...

Rafael se servit un verre de whisky, puis s'assit à l'autre extrémité du canapé.

— Elle a confiance dans l'équipe.

Il posa son verre sur la table basse et se prit la tête entre les mains.

— Cette pauvre femme doit vivre un calvaire. Et tout ça par ma faute. Mon Dieu, qu'ai-je fait ? Mais qu'est-ce qui m'a pris, bon sang ?

Sasha s'approcha et lui frotta le dos.

— L'autoblâme, c'est mon truc, Rafael.

— Ne plaisante pas. Pas maintenant.

— Je ne plaisante pas. Enfin, pas vraiment. C'était une décision collective. Nous étions tous conscients de possibles complications, c'est pourquoi nous avons consulté une psychologue. Nous ne nous étions cependant pas attendus à une de cette envergure.

— Et si Molly ne pouvait plus avoir d'enfant après ça ? Et si...

— Chut, Rafael. Nous devons nous pardonner de n'avoir pas envisagé cette éventualité. Le propre de l'humain est de commettre des erreurs, de vouloir des choses que nous ne sommes pas censés avoir.

— Je veux notre bébé.

— Je sais. Moi aussi.

Il se renfonça sur le canapé et l'attira sur ses genoux. Elle se blottit contre lui. Ils restèrent un long moment ainsi enlacés.

— Je voulais un enfant parce que, moi non plus, je ne me sentais pas en sécurité dans notre relation, finit-il par admettre avec honte et réticence. Or je déteste ne pas me sentir confiant, surtout en ce qui te concerne. Dès l'instant où je t'ai vue, j'ai su que tu pourrais causer ma perte, alors j'ai lutté pour t'en empêcher. Puis Molly est arrivée, et la jalousie m'a consumé.

— J'aurais dû te dire qui elle était.

— Oui, tu aurais dû. Nous aurions dû faire beaucoup de choses. Nous sommes responsables de l'enfer que nous traversons. À un moment, nous devrons toutefois nous pardonner réciproquement. C'est la seule manière d'avancer. Je ne veux pas te perdre, Sasha. Tu es devenue ma raison de vivre.

Renversant la tête en arrière, elle le regarda.

— Je t'aime, Rafael, et je t'aimerai toujours.

Il lui prit la tête entre les mains.

— L'amour semblait être un handicap. Il rend tellement vulnérable que c'est atroce. Mais, ces derniers jours... Aussi impuissant que je me sente, je serais prêt à tuer ou à mourir pour toi et notre bébé. Je n'avais pas compris que l'amour était aussi une force quand on accepte de le ressentir. T'entendre me dire ces mots me rend invincible. Alors, je t'en supplie, ressens cette force toi aussi, Sasha, parce que je t'aime et je t'aimerai toujours.

Sasha sentit les larmes ruisseler sur ses joues. Mais après toutes celles de douleur et d'angoisse, celles-ci étaient des larmes de soulagement. Elle devait croire Rafael. C'était la seule manière de prendre un nouveau départ avec lui. Plus important toutefois, elle devait se croire digne de son amour. C'était un cadeau si rare, si précieux venant d'un homme si prudent avec son cœur.

Bouleversée, elle lui tendit ses lèvres. Rafael les prit avec douceur, puis avec une intensité empreinte de tendresse et d'amour. Sasha s'abandonna si profondément à son baiser qu'elle ne réalisa pas immédiatement qu'il l'avait renversée sur le canapé.

Lorsqu'il releva la tête, une lueur interrogatrice dans les yeux, elle répondit en déboutonnant les boutons de sa chemise.

— Tu veux que j'aille me raser ? demanda-t-il en passant une main sur sa joue.

— Non, je te veux tel que tu es.

— Sasha, mon amour, tu es un tel trésor pour moi. Je suis désolé de ne te l'avoir jamais fait comprendre.

— Montre-moi à quel point tu es désolé.

Et il le fit. Il la déshabilla lentement, parcourant de baisers sa peau au fur et à mesure qu'il la dénudait.

— Tu m'as manqué, murmura-t-il.

— Toi aussi.

Et pour le lui prouver, elle se hâta de lui ôter ses vêtements.

— Prends-moi, s'il te plaît.

— Nous ne sommes pas pressés. Je t'appartiendrai toujours.

L'instant suivant, il la pénétrait, puis s'immobilisait.

— Je m'enorgueillis de savoir me contrôler, mon amour, mais je te désire si fort depuis tant de temps…

— Ce n'est pas grave. Tu n'as pas à m'attendre.

— Tu plaisantes ! Je t'attendrais le reste de ma vie si je le devais.

Sasha sourit. Il ne changerait jamais, et elle l'aimait pour ça.

Rafael lui fit alors découvrir un plaisir tout en délicatesse. Très vite, plus rien n'exista, que leurs corps unis en harmonie, que la jouissance qui montait et les emporta ensemble jusqu'à l'extase.

Patty avait vu juste. Le médecin décida de faire une césarienne et les convoqua à une réunion d'information.

Le jour venu, alors que Sasha finissait de se préparer, Rafael déclara :

— Humbolt est censé t'abandonner le contrôle total de ta fortune à la naissance du bébé, mais je crains qu'il ne cherche un moyen pour ne pas le faire. J'ai donc mis mes avocats sur le coup pour le forcer à libérer tes propriétés et à sortir de ta vie. Ta mère pourra conserver l'usage de sa résidence principale, percevra encore son allocation, mais n'aura plus le droit de te contacter sauf deux fois par an et par courrier. Pour ton anniversaire et à Noël. Toi seule pourras initier toute autre forme de contact.

Sasha ne sut que répondre. Devoir sous peu lancer le processus de sa libération lui était venu à l'esprit, mais entre ses maux de tête et son inquiétude pour Molly elle en avait repoussé l'idée. Elle n'avait certainement pas prévu d'être aussi froide et définitive à ce sujet.

— Reste la possibilité d'un petit arrangement si Humbolt part sans faire de vagues, poursuivit Rafael. S'il fait le moindre geste pour essayer de garder le contrôle, je le poursuivrai pour tous les crimes auxquels je peux penser, de mauvaise gestion à maltraitance envers toi. Tu peux apporter les changements que tu désires. Mes diktats sont peut-être durs, mais j'avais besoin d'évacuer ma colère.

Sasha n'eut pas besoin de réfléchir. Les peurs qui l'avaient tenue silencieuse s'étaient évanouies une fois ses secrets avoués. Sa fille faisait désormais partie de sa vie, et son mari la soutenait. Elle ferait tout pour protéger Molly et Patty, mais elle avait l'impression que Gio était lui aussi prêt à se battre pour elles.

— Avoir des nouvelles de ma mère une fois par an me suffit. Cela mis à part, tout est parfait.

Le lendemain matin, pour la première fois depuis l'hospitalisation de Molly, tous se retrouvèrent ensemble dans sa chambre. Puis le moment arriva où l'infirmier l'emmena en salle d'accouchement.

Sasha se réfugia alors dans les bras de Rafael.

Au bout d'une heure, que tous passèrent tantôt à se regarder en silence tantôt à consulter l'horloge, la tension monta.

Enfin, le gynécologue entra.

— Félicitations. Vous avez un fils. Molly est en salle de réveil. Tout s'est bien passé, mais le bébé aura besoin de soins intensifs pendant plusieurs semaines. Nous vous emmènerons le voir dans quelques minutes.

Sasha vacilla. Rafael la serra aussitôt dans ses bras. Tous

partagèrent alors des rires de soulagement et des étreintes. Même Gio l'embrassa avant de serrer la main de Rafael et de dire :

— Je suis sincèrement heureux pour vous deux.

L'infirmière les conduisit, elle et son mari, à la nurserie où ils rencontrèrent Atticus, prénom ajouté à leur liste par Libby, et dont Rafael avait trouvé qu'il convenait à la perfection à leur petit guerrier.

Le nourrisson se trouvait sous une lumière chaude, dans une couveuse aux parois transparentes, recouvert d'une couverture douillette et relié à divers appareils. Il était si petit…

— Allez enfiler cette blouse, madame, dit l'infirmière. Ensuite, nous vous donnerons votre fils pour un contact peau à peau.

Lorsque Sasha revint, changée, elle vit la grande main de Rafael à l'intérieur de la couveuse. De minuscules petits doigts agrippaient son index. Il avait les yeux brillants de larmes. Brillants d'amour.

Une fois assise dans le rocking-chair mis à sa disposition, et son bébé dans les bras, elle ouvrit sa blouse et, sentant enfin son fils contre sa poitrine, elle laissa libre cours à ses larmes.

— Comme tu es beau, mon amour.

Rafael s'agenouilla alors à côté d'eux, les dévorant du regard.

Un intense sentiment de paix envahit Sasha. Jamais elle n'avait éprouvé un tel bonheur. Ils vivraient probablement des heures difficiles dans les jours suivants avec un bébé aussi prématuré, mais tout allait bien se passer. Elle en était certaine.

Et ce fut le cas.

Épilogue

New York, un an plus tard...

Sasha se glissa à l'intérieur de la cabine de douche où se trouvait Rafael.

— Te voilà, je te croyais encore avec Patty, dit-il.

— Étant donné qu'il s'agit de mon événement, je me dois d'être à l'heure.

Avec l'aide de Patty, elle avait créé une fondation destinée à financer des cliniques de soins de santé reproductive pour adolescentes. La soirée de lancement avait lieu deux heures plus tard. Craignant de devenir le centre de l'attention car Sasha l'avait récemment reconnue comme sa fille, Libby n'avait pas voulu y assister et avait préféré rester avec son petit frère qu'elle adorait et venait voir tous les mois.

Tout en savonnant le torse de Rafael, Sasha déclara :

— Libby a demandé à être scolarisée à domicile afin de pouvoir passer plus de temps avec nous en Europe. Qu'en penses-tu ?

— Ça me plaît beaucoup. Il y a toujours un vide quand elle part.

— Patty doit éprouver la même chose. Gio veut acheter une maison à Gênes pour elle et Libby. L'idée lui plaît, mais elle souhaite suivre ses patientes actuelles jusqu'au bout. L'une d'elles, une très jeune femme, parle de placer son bébé en vue de l'adoption.

Sasha leva les yeux pour évaluer l'intérêt de Rafael.

— Sans vouloir nous donner de faux espoirs, Patty pense qu'il pourrait être bon pour nous de la rencontrer.

— Je suis d'accord. Et toi ?

— Moi aussi. Ça ne marchera peut-être pas cette fois, mais ça vaut la peine d'essayer.

Malgré ses débuts difficiles dans la vie et le retard pris en raison de sa naissance prématurée, leur petit Atticus s'était bien développé. À présent, il trottait à quatre pattes et babillait gaiement. Rafael travaillait toujours beaucoup, mais s'arrangeait pour prendre des demi-journées et de longs week-ends afin de passer du temps avec son fils. Lorsque Libby était avec eux, ils allaient souvent sur le yacht où Molly et Gio les rejoignaient s'ils le pouvaient.

— Et si j'avais un autre bébé, Molly s'en occuperait moins. D'ailleurs, elle va arriver sous peu.

— Ici ? demanda un Rafael facétieux tout en lui savonnant les hanches.

— Non, mon amour. Elle peut prendre une douche coquine avec son propre mari, si ça lui chante. Entre nous, je crois que Gio et elle s'activent à faire un bébé.

— Je leur souhaite de voir leurs efforts aboutir. Mais revenons à nous deux.

— Oui, nous deux... Avant de te rejoindre, je pensais à une soirée, il y a des années-lumière, dans une salle de bal où un fringant jeune homme m'a invitée à danser, enlevée pour une nuit, puis deux, puis trois... Que peut-il arriver après un tel libertinage ?

— Un mariage, répliqua Rafael en souriant. Pourquoi ne recommencerions-nous pas ?

— Parce qu'on n'a plus assez de temps. Nous sommes attendus. Désolée, mais il nous reste la version abrégée.

Joignant alors le geste à la parole, elle referma sa main sur l'érection de Rafael.

Il se retourna pour la plaquer contre le mur.

— Je parlais de nous marier de nouveau, *agapi mou*. Veux-tu m'épouser, Sasha ?

— Je t'épouserai chaque année pendant le reste de notre vie, déclara-t-elle d'un ton solennel. Rien que pour te prouver à quel point tu es important pour moi.

— Moi de même, répondit Rafael avec autant de sérieux. Toutefois, un seul autre mariage suffira. Simplement une petite cérémonie avec les gens que nous aimons. Une au cours de laquelle nous nous promettrons de nous aimer jusqu'à la fin de nos jours.

Les larmes montèrent aux yeux de Sasha.

— Cela me ferait vraiment plaisir, Rafael.

— À moi aussi. Pourquoi diable n'ai-je pas pensé plus tôt à te demander enfin ta main ! Maintenant, en ce qui concerne le temps qu'il nous reste, tu as raison, profitons-en vite et bien.

Rafael s'agenouilla devant elle, et le rire de Sasha vira en quelques secondes en gémissements de plaisir.

Vous avez aimé ce roman ?
Retrouvez en numérique deux sœurs hors du commun :
1. *Le secret d'une secrétaire*
2. *Mystérieuse Sasha*